百々ケ峰伝説（どどがみねでんせつ）

―呪われた岐阜市の最高峰―

平野高弘

目次

第Ⅱ部　2000年後

はじめに

百々ケ峰（どどがみね）は、岐阜市内を流れる清流長良川を挟んで、織田信長の居城岐阜城のある金華山（328・9m）の北側に位置する岐阜市で最高峰（417・9m）の山である。比較的市街地に近く、北側の山腹を東海自然歩道が通り、遊歩道も整備され、山頂からの眺望も素晴らしく、多くの市民が登山を楽しんでいる。

岐阜市で生まれ育った私も、古希を迎え、健康のために登ったのが始まりで、週2～3回、早朝登山を続けている。

開業医なので、登る時間帯はどうしても診療前の早朝となる。

朝3時半に起き、ヘッドライトを点けて誰よりも早く、まだ明けやらぬ山頂に到着し、そこに置かれている登頂記録帳に、私のマジシャン名である「Dr．ムリック」と記載した後、山の清々しい空気と、岐阜城がそびえる金華山のシルエットや、眼前に広がる市街地の明り（朝景）を満喫した後、下山してシャワーを浴び、朝の診療を始めるのが日課になっている。時折、山の中腹あたりに雲が立ち込め、天空の岐阜城が見られる楽しみもある。

山頂には木製の展望台が設置してあり、南に長良川や金華山、濃尾平野を望み、北東の方向に乗鞍、その南脇に御嶽山が確認できる。

東の眼下には各務原市と美濃加茂市があり、そのはるか東には、日本アルプスの山々の連なりが美しく、朝日に浮かぶそのシルエットを見るために、日の出時間をめざした何人かの常連の人たちが集まってくる。

百々ヶ峰登山を始めて2年目の誕生日に当たる2015年5月24日、ちょうど250回目の登山であったが、その折、世にも不思議な体験をしたのでここに紹介する。

序章　２０１５年５月24日

５月に入ってから、日の出の時間は日増しに早くなり、朝４時台となってきた。毎朝トップで山頂に到着することをめざしているが、ここ二度ほどは、日の出を見るために登ってくる常連の人に先を越されている。

誕生日で、２５０回目の区切りともなる今日は、何としてもトップで到着したいと思い、朝の３時頃に起きて、３時半にはふれあいの森登山口の駐車場に到着したが、予想どおりそこには誰もいなかった。

あたりはまだ暗いが、きれいな星が瞬いている。

今日こそはトップで山頂に到着しようと思いながら、ヘッドライトの明かりを頼りに真っ暗な遊歩道を登り始めた。

いつものペースで20分ほど歩いた頃、俄かに霧が立ち込めてきた。

最初は目の前がぼんやりとかすむ程度であったが、だんだん濃くなり、前がまったく見えなくなったため、懐中電灯を取り出し足元に光を当てながら一歩一歩慎重に足を運んだ。

立ち込める霧のため方向が定まらず、ときどき遊歩道の縁に寄り過ぎては慌てて方向を変えたりしながらゆっくり進んでいった。

5分ほどすると突然生暖かい風が吹き、さっと霧が晴れると同時に薄ぼんやりと視界が開け、前方に人影らしきものが見えてきた。

私より先に登っている者はいないはずなのに…と訝りながら5メートルほどの距離まで近づいて行ったところで、恐怖のため足が止まった。

白っぽい衣装をまとい、顔が隠れるほどの長い髪をだらりと垂らした見るからに薄気味の悪い老婆が立っていた。

幼い頃ならいざ知らず、この年になって幽霊などいるはずがないと信じていたにもかかわらず、昔、怪談などの映画で見た幽霊を連想し、思わず後ずさりしようとしたが、体が強ばって動かない。

その老婆がゆっくりと近づいてきた。

何者だろう、と警戒しながら見つめていると、老婆が少し顔を上げたその瞬間、前髪の間から、青白い額に角が生え、口が真っ赤に裂け、鬼歯をむき出した、まさに夜叉の顔が目に飛び込んできた。

私は、恐怖のためにその場で意識を失っていた。

第
I
部

第1章　ヒロとユリ

　これは今から２０００年も昔の話である。

　夕日がキラキラと輝いている川面を見ながらユリはため息交じりに呟いた。

「今日も来なかった」

　元々快活な性格で、ぱっちりとした目元に笑顔を絶やさない少女であったが、ここ数日はその明るさが影を潜めている。

　大好きなヒロが5日間も姿を見せていないためである。

　たった5日ではあったが、ユリにとっては、随分長い間、会っていないような気がする。

「やはりヒロは百々ケ峰(どどがみね)に行ってしまったのだろうか」

　いつもヒロが魚を取っていた川岸に目をやりながら、ユリは思った。

　因幡川(いなばがわ)と呼ばれているこの川のはるか上流には、神々の宿る山があり、そこから流れ出した水は、幾多の山々の水を集め、いくつかの谷を下ってこの川に流れ込み、下流は海に流れ込んでいると言われている。

川の南には、『因幡山（いなばやま）』があり、川の北側には『百々ヶ峰』があるが、ヒロはいつも口癖のように「百々ヶ峰が俺を呼んでいる、百々ヶ峰に行かなければならない」と言っていたのだ。

ヒロはユリの隣村に住んでいる18歳の青年である。

ユリがヒロと初めて出会ったのは３か月ほど前、この川に魚を獲りに来た時だった。

畑から採れる稲で何とか日常の食事は賄っているものの十分ではなく、魚や獣の肉、木の実や果物なども、村人たちの貴重な食糧源となっており、ユリくらいの年齢の若者は、畑の仕事のない時などは、川へ魚や食用となる草花を採りに来ることが多かった。

あの日も、川岸近くにいた大きな魚を見つけ、植物の繊維で編んだ網で掬おうとして、川岸から身を乗り出したところ、岩に躓いてバランスを崩し、川に落ちてしまった。

あいにく、落ちた所の川底が深い場所であったため、足が届かず、泳げないユリはアップアップしながら、何とか浮き上がろうと手足をばたつかせて必死にもがいていたが、もがけばもがくほど体が沈んでいった。

その時、近くにいたヒロが溺れているユリに気づいて川に飛び込み、助けてくれた。

「大丈夫ですか」

青い顔をして、飲み込んだ川の水を吐き出しているユキに、ヒロが優しく声をかけた。

背がすらっと高く、日焼けしてぴちぴちした浅黒い肌、きりっと上がった凛々しい眉にスッと通った鼻筋、黒目がちな目。

「なんて素敵な男性だろう」

15歳のユリは、たちまちヒロの虜になった。

この人に会うために自分は生まれてきたのだ！

ユリはそんな運命的なものを感じていた。

ヒロも、明るく生き生きとしたユリに好意を持った。

二人は、毎日のように因幡川に出かけてきて、一緒に魚を獲ったり、草花を取ったりした。

ユリは、草花を編んでかんむりをつくり、ヒロの頭に被せたり、おそろいの首飾りをつくってお互いの首に掛けあった。

一緒に川に入って水を掛け、ふざけあったこともある。

魚がたくさん捕れた時などは、自分の魚をユリに分けてくれた。

そんな優しかったヒロが5日間も姿を現さない。

何かあったのだろうか？

ユリは気になって仕方がなかった。


翌日、ユリはヒロの村を訪ねることにした。

この辺りは濃尾平野の最北端に位置し、因幡川の本流から南に向かって分かれた支流が平野の低い所へ網目状に枝分かれして、いくつかの村をつくっていた。

大陸から伝わった稲作は北九州を経てこの地方まで伝わり、協力して水田をつくるために村が出来、共同生活をするようになっていた。

ヒロに教えられていた通り、雑草の生い茂る野原を押し分けて進むと、草ぶきの屋根の家が10数件集まっていた。

地面を浅く円形に掘り、柱を立てて草ぶきの屋根を葺いた竪穴式住居である。

「すみません。ヒロさんの住まいはどちらでしょうか」

すぐ前の住居からちょうど出てきた女を見つけて声をかけた。

「どなたじゃな」

怪訝そうな顔をして女が聞き返した。

「隣の村のユリと申します」

「あ、ヒロが因幡川で知り合ったと言っていた娘さんかね。残念だが、ヒロはもういないよ。あの不幸者は親の気も知らないで、とうとう百々ヶ峰へ行ってしまったよ」

女はヒロの母親であった。

1週間ほど前、突然、百々ヶ峰に行くと言い出したそうである。

百々ヶ峰は妖怪や物の怪たちが棲んでいる呪われた山で、この山に登ったら最後、誰一人戻った者はいないと言われている。

百々ヶ峰と聞いて両親は、「死にに行くようなものだ」と強く反対した。

しかしヒロは次のように宣言した。

「夢のお告げによれば、自分は、山の呪いを解くために生まれてきたらしい。毎日のように夢の中で山が呼んでいる。悲鳴を上げている。行くのは怖かったし、親を悲しませるからと無視してきたが、山を救わなければならないという使命感がだんだん強くなってきて、もう限界だ。誰が反対しようと、何が起ころうと山に行くことに決めた」

そして、6日前に家を飛び出していってしまったそうである。

「百々ヶ峰は悪魔が棲んでいる怖い山だから絶対登ってはいけない」という話は、ユリも子供の頃から聞いてはいたが、その頃は、あの山は因幡川の北向こうの山であり、自分には関係ないものと思っていた。

ある時ユリは、冗談交じりにヒロに言ったことがある。

「私をお嫁さんにしてくれない？」

「駄目だよ。百々ヶ峰が盛んに俺を呼んでいるのだ。理由はわからないが、百々ヶ峰に行かなければならないことになっている。そこで死ぬかもしれないのに、そんな約束は出来ないよ。」

ヒロはそう言っていたが、本当に百々ヶ峰に行ってしまうとは思ってもみなかった。

ユリをからかっただけだと思っていた。

しかし、本当だったのだ。本当に行く気だったのだ。でもなぜ？

百々ヶ峰から村人を救うためとヒロは言っていたそうだ。

山の呪いを解くために生まれてきたのだとも言っていた。

だから、強い使命感を持って百々ヶ峰に出かけたに違いない。

一度登ったら最後、誰も戻っては来られない魔の山だ。

戻ってくる可能性は皆無に等しい。

いくら待ってもヒロは帰っては来ないのだ。

そう思うと悲しくなる。

初めて出会った時から、自分はこの人と結ばれる運命にあると、そんな予感すら感じていたユリである。

何とかして、山に登るのを阻止しなければならない。

すでに登っているのであれば、連れ戻さなければならない。

そのためには、自分が行かなければ、行って彼を引き留めなければ、彼は帰ってこないだろうし、一緒になることも不可能に違いない。

明日は山に行こう。行ってヒロを連れ戻すのだ。

ユリは、強くそう思った。

第2章　山蛭

因幡川を北側に渡ると、胸の高さまで隠れるような雑草が生い茂っていた。

ユリがヒロの家を訪ねた6日前の事である。

両親の強い反対を押し切って百々ヶ峰に向かったヒロであったが、雑草のため足元が全く見えないのには閉口した。

岩がごろごろ転がっていて躓きやすく、マムシなどに襲われる可能性もある。

何度も躓きながら、雑草を慎重にかき分けて1里ほど進むと百々ヶ峰の麓にたどり着いた。

山を取り巻く林に入ると、雑草は急に短くなり、所々に黒っぽい土が見える。

足元が見えるようになり、ホッとしたがそれも束の間、ヒロの目の前に、スーと糸を引くように何かが下りてきた。

親指の3倍ほどもある大きな毛虫であった。

不気味な赤黒い色をした毛を揺らつかせてぶら下がっている毛虫を見て、ヒロはゾーッとした。

以前、家の近くの木にいた毛虫に背中を刺され、腫れと痛痒さに何日も苦しんだことがあるのだ。

それ以来、毛虫は大の苦手となった。

持っていた槍で横に払うと糸が切れ、毛虫は下に落ちた。

ホッとして頭上の木を見て驚いた。

木の枝や葉っぱには何匹もの毛虫が這っている。

先ほどの毛虫のように、何時、糸を引いて垂れ下がってくるかわからない。

不用意にもヒロの服装は、布を体に無造作に巻きつけただけの簡単なもので、肩や腕は素肌が露わなままである。

毛虫が垂れてきて肌に付けば、たちまち刺されてしまうに決まっている。

これはまずいと思ったが、それだけではなかった。

先の方を見やると、あちこちの木から何匹もの毛虫が垂れ下がっている。

じっとしていれば、頭上からも垂れ下がって来るに違いない。

ヒロは槍で毛虫の糸を横に払いながら必死に前に進んだ。

しばらく進んでいくと垂れ下がっている毛虫がなくなりホッとしていると、今度は、目の前を黒い影が遮った。

大きな蜘蛛の巣である。

木と木の間に網のように糸を張り巡らし、その真ん中に巨大な蜘蛛が8つの目を光らせてでんと構えていた。

大人の胴体くらいの大きさで、どす黒い赤と黒の縞模様が不気味さを強調している。

上顎は鎌状で先端が鋭く、今にも食いつかんばかりの様子で、長い手足を伸ばし、ヒロに掴みかかろうとしている。

ヒロは持っていた槍を握って身構えた。

両者の睨み合いが続いた後、巨大蜘蛛の中央の2つの目がきらりと光ると同時に、蜘蛛が2本の前足で襲ってきた。

間髪を入れず、ヒロが中央の2つの目の真ん中めがけて槍を繰り出した。

見事急所に命中したのか、蜘蛛は地面に崩れ落ち、長い手足をぴくぴく痙攣させて果てた。

見たこともないような大きな蜘蛛であった。

うまく仕留めたから良かったものの、まかり間違えばあの鋭い上顎で、噛み殺されていたかもしれない。

そう思うと体が震えてきて、しばらくは動くことが出来なかった。


蜘蛛の襲撃を逃れて、そのまま進むと手前の叢がガサッと動いた。

はっとして足を止め、音のした方に目をやって思わず身構えた。

体長1メートルほどの蛇がとぐろを巻いているではないか。

身体の色は淡褐色で、首がキュッとくびれて頭は三角、暗褐色の舌をペロペロ出して今にも飛びかからんと目を光らせている。

マムシだ！

思うと同時に、ヒロは蛇の頭をめがけて槍を繰り出したが、槍の穂先は蛇の頭を掠めただけ。逆に、蛇が槍の柄に巻きついてきた。

慌てて蛇を振り落とそうと槍を振り回したがしっかりと巻きついていて、なかなか離れない。

と見る間に、槍の柄を伝って、槍を握っているヒロの左手に蛇が飛びかかってきた。

とっさに槍を離したが、間にあわなかった。

左手の甲を一噛みすると、蛇は去って行ったが、ずきんとした痛みが残った。

「マムシに噛まれたら、毒が全身に回らないうちに毒を吸い出さないといけない」と、いつも父親から言われていたのを思い出し、ヒロは、噛まれた手の甲を自分で噛んで傷口を広げ、何度も血を吸い出しては吐き出した。

マムシの毒がどれほどの速さで全身に回るのか分からないが、気のせいか目の前がかすんできた。

「慌てて動くとかえって毒が回るのが速くなるから、安静にしていろ」とも言われていたが、ここにじっとしていても誰も助けには来てくれない。

確か、百々ヶ峰の西側の麓に山里があって人が棲んでいると聞いたことがある。取り敢えずそこに行って助けを求めようとゆるゆると歩き出したが、毛虫を避けて動いたため、方向がわからない。

位置は不明だが、山を下りれば誰かに出会う可能性があるだろう。

「取りあえず山を下りよう」と頭では思っていたが、なぜか眼に見えない糸に引っ張られるように、足が勝手に山を登っていく。

しばらく歩いてゆくと、どんどん森が深くなってきた。

木々に遮られて日の光が届かないため、薄暗く、湿っぽい。

マムシの毒のせいか、目が霞んできたうえ、木と木の間が狭くて見通しが悪く、今度は何に襲われるのかと不安ではあったが、ヒロの意思とは関係なく、足が勝手に前に進んで行く。

突然、上から何かがぽたりと落ちてきて、左肩にとまった。

木の葉っぱでも落ちてきたのかなと思って何気なく右手で触ってみると、ナメクジのようにぬるっとして冷たい。

つまんで捨てようとしたが、吸いついていてなかなか離れない。

左肩に目をやってぎょっとした。

12～13センチもあろうかと思われる巨大な蛭である。田んぼや沼地で見かけることはあったが、こんな大きな蛭は見たことがない。

ヒロの生き血を吸って見る見るうちにパンパンに膨れ上がると、自然に肩から離れて地面に落ちて行った。

吸い口の傷跡から血がだらだらと流れ出て、なかなか止まらない。

と思っていると、今度はもう一匹が右肩に落ちてきて吸いついた。

左手でつまむと今度は簡単に離れたが、それがきっかけとなったのか、頭上の木の枝から何匹もの山蛭が次から次へと降るように落ちてきた。

毛虫に襲われた時には、肩や腕の素肌が露わなままの服装で来たことを後悔していたが、蛭の場合は衣類があろうとなかろうと無関係だった。

素肌の部分はもちろん、伸び縮みして驚くほどの速さで衣類の下に潜り込み、体中の柔らかい皮膚に吸いついて吸血する。

左手を使うと、比較的簡単に引き離せるが、次から次へと降ってきて限(き)りがない。

とくに、衣服の下に潜り込んだ奴は衣服が邪魔してなかなか引き剥がせない。

おまけに、何か所も出来た吸い口から血がどんどん流れている。

このままここにいては、山蛭に血を吸い尽くされて死んでしまう。

何とかこの場を離れなければだめだ。

ヒロは体中に吸いついている蛭を付けたまま、血だらけの体で走り出したが、マムシの毒と出血多量のため、体力は限界に来ていた。

次第に意識がもうろうとして来て、その場に倒れこんだ。

傷口から血液がとめどもなく流れ出し、倒れたヒロの体の下に大きな血だまりが出来ていた。

第３章　ユリの旅立ち

ヒロの家を訪ねた翌朝、ユリは迷いに迷った末、思い切って百々ケ峰に登る意思を両親に伝えてみた。

思った通り、両親は口をそろえて反対した。

「山に登りたければ、川南の因幡山へ行けばいいのに、何を好んで悪評の高い百々ケ峰に登らなければならないの」

「だから、さっきも言ったようにヒロが、私の大事なヒロが、百々ケ峰に行ってしまったから、私が行って連れ戻すの」

「ヒロって一体お前の何なのよ。お前に連絡もなく勝手に百々ケ峰に行ってしまった男でしょう。お前のことなんかこれっぽっちも考えていないのだ。そんな薄情な男のために、何でお前が危険な山に行かなければならないのかね」

「ヒロと私は結ばれる運命にあるの。何回も何回も夢のお告げがあったのよ。だから、ヒロが山に登れば私も登らねばならないの。そういう運命にあるの」

「お前も、百々ケ峰は妖怪や物の怪たちが棲んでいる呪われた山で、山に登った人は誰一人として帰ってこないという悪い噂は知っているだろう。百々ヶ峰に行くということは、死にに行くのと一緒なのよ。死ぬとわかっていて許す親がいると思うのかい」

「覚悟はできているわ。親不孝なことも知っている。でも、どうしても行きたいの。どうしても行かなくちゃならないの。お願い、わかって。これが私の運命なの。お願い、許して」

最後には泣き出しながら、ユリは両親に許しを乞うた。

ひょっとしたら両親とは今生の別れになるかもしれない。そう思うと涙が止めどもなく溢れてきて止まらなかった。

「行っちゃあだめ、お願い行かないでくれ」

母親が必死で引き止めた。

無口な父親も、一言も発しないけれど、その眼は泣いている。

三人とも、これが最後の別れだと感じていた。

去りがたい未練を切り捨てて、百々ヶ峰に旅立つことは、ユリにとって思いきった決断だった。

多分ヒロも、同じ思いで家を出てきたに違いない。そう思いながらユリは、因幡川を渡って百々ヶ峰に向かって歩き出した。

ユリ達の住んでいる川南に比べて、川北はまだまだ開発が進んでいない。

雑草が腰のあたりまで生えていて、道らしい道は見当たらない。

ヒロはこんな所を歩いて行ったのだろうか、と思いながら道なき道を一歩一歩、足で探りながら歩いて行った。

雑草の下は石がゴロゴロしていて足場が悪く、所々ぬかるみがあった。

知らない土地で、道の無い所を歩くのは恐ろしい。

蛇など、どんな危険な生き物が潜んでいるかもしれないと思うと不安になる。

ぬかるみに足を取られたり、石に躓いたりして何回も転倒しそうになり、ユリは、たった一人で知らない土地に来たことを後悔した。

足場が悪い上に、雲一つない晴天で、照りつける太陽が体力を消耗させる。

極度の緊張と暑さでユリは熱中症になってきた。

意識がもうろうとして、視界がぼやける。

ふらふらになって倒れる寸前になり、誰かに体を支えられた。

冷たい水を飲まされてようやく我に返り、見知らぬ老人に抱きかかえられているのに気づいた。

「すみません、お世話になって。ところで、どなた様でしょうか」

抱きかかえられている手をゆっくりと外しながらユリは尋ねた。

「わしは、百々ヶ峰の麓の里に住んでいる年寄じゃよ。福寿と呼ばれているがね。お前さんがやってくるという知らせがあったので迎えに来たのじゃよ」

老人は、穏やかな調子でユリに笑いかけながら答えた。

ユリは、なぜ老人が自分の来るのを知っていたのか不思議に思ったが、それよりも、ようやく人に巡りあえたという安堵感が強かった。

「初めての土地で、たった一人で、不安でいっぱいだったけれど、此処で福寿さんに会えてほっとしました」

「喜んでもらって、ここに来て助けた甲斐があったよ。ところでお前さんは、何でこんな所を歩いているのかね」

「私は川南にある村のユリです。友達のヒロが百々ヶ峰に登ると言って出かけたので、評判の悪い山だから連れて帰ろうと思って追いかけてきました。ひょっとしてお会いにならなかったでしょうか?」

「ああ、あの若者かね。山の中で意識を失って倒れていたから村へ連れて帰ったよ。マムシに噛まれたうえ、何匹もの山蛭に血を吸い取られて瀕死の状態だったから」

「命に別条はなかったのですか？」

「あのまま放っておいたら確実に死んでいただろうが、すぐに手当てしたから、今は元気になっているよ」

ユリは、ヒロが瀕死の状態だったが回復したと聞いて一応ホッとはしたものの、２度と危険な目にあわせないように絶対連れて帰ると心の中で決心した。

第4章　呪われた山、百々ヶ峰

村に着くとすぐ、ユリは福寿の家に案内された。

家の中には傷が癒えて元気を取り戻したヒロが待っていた。

福寿の後から入ってきたユリを見て、驚いたような顔をした。

「お前、ユリじゃないか。どうしてこんな処へ来たんだ」

「ヒロが百々ヶ峰に登ったと聞いたから心配になって後を追ってきたの。マムシと山蛭に噛まれて死にそうになったって聞いたけれど、大丈夫なの」

「大丈夫さ、福寿さんが傷の手当てをしてくれて、毒消しの薬草を貰ったらこんなに元気になった。2~3日経ったら、もう一度山に登ろうと思っているくらいさ」

「死にかけたくせして、まだ懲りないの。百々ヶ峰は、登った人が誰も帰ってこないという危険な山よ。登るのなんか止めて一緒に帰ろうよ」

「いや、帰らない。福寿さんの話によると俺は、悪霊たちの呪いのかかったこの山里を救うために生まれてきた伝説の男だそうだ。山に登って悪霊たちをやっつけるのが俺の使命なのだ」

「そんなのウソ、ウソに決まっている。悪霊たちをやっつけるなんてできっこないよ。そんなこと言ってないで私と帰ろうよ。お願いだから一緒に帰って。あなたをこれ以上危険な目に会わせたくないの」

ユリは必死になって、山へ行くのをやめて自分と一緒に帰るよう、ヒロに頼んだが、ヒロは頑として聞き入れない。

「福寿さん、お願い。福寿さんからも山に登らないようヒロに言ってよ」

ユリは福寿に助けを求めた。

「山に登るか登らないかを決める前に、なぜこの山（百々ヶ峰）がこんな呪われた山になったのか。その経緯を話すから、それを聞いてから決めなさい」

二人の様子をじっと見守っていた福寿はおもむろに百々ヶ峰の驚くべき歴史について語り始めた。

「百々ヶ峰は、昔は緑の綺麗な美しい山だった。因幡川の上流には菊理媛神（くくりひめのかみ）という神様の棲んでおられる山があり、百々ヶ峰はその菊理媛神（くくりひめのかみ）様の支配下にあった。ところが500年ほど前、百々ヶ峰の山の精霊である魔霊女妖蘭（ようらん）が突然、神様に反旗を翻し、物の怪や妖怪たちを従え、勝手に百々ヶ峰のすべてを支配し始めたのだ。美しかった百々ヶ峰は荒れ放題に荒れ、山の形態も自分たちの棲みやすいように大幅に変わり、妖怪や物の怪たちが棲んでいる呪われた山となってしまった。それまでは「東峰」「西峰」と単純な名前で呼ばれていたこの山は、諸々の悪霊たちが棲んでいるおどろおどろしい山と言う意味でひとまとめにして『百々ヶ峰』と呼ばれるようになった。魔霊女妖蘭は、山に登ってきた山里の人々をとらえ、男からは精気を、女からは生き血を吸い取ってその活力源としていた。そのうち、山に登った人は誰も帰ってこなくなったと噂が広まり、誰も山に登らなくなったため、妖蘭は、年に2回、山里の人々から生贄を取るようになったのだ。人口が減るのを食い止めるため、里人は子作りに励んだのだが人の数は減るばかり、ついには他所の土地の赤子を盗んできてこの山里で育てようという話も出るほど人口減少が深刻となった。その頃、何時の日にかこの里を救ってくれる若者と少女が現れ、山（百々ヶ峰）に登って二人で力を合わせて魔霊女妖蘭を退治してくれるという伝説が流れ出した。妖蘭の横暴な振る舞いを見るに見かねた菊理媛神（くくりひめのかみ）様は、１００年前、私（福寿）を山里に遣わし、いずれ現れる伝説の二人を助けて魔霊女妖蘭の横暴を食い止めるように命じたのだ」

福寿は、ここで一息ついて水を一口のんだ。

二人は思いがけない話に息をのんで聞き入っていた。

「私は、１００年前にこの里の子供として生まれ育てられ、ただひたすら、伝説の二人が現れるのを待ち続け、今ではこの里の最長老になってしまった。その甲斐あって漸く二人を迎えることが出来たのだが、二人を迎えに行ったのは偶然ではなく、二人が来るという神様からの連絡があったからだ。まさかヒロがあんなひどい目にあうとは思っていなかったが、間に合って本当に良かった」

「あの時は目の前が真っ暗になって、息をしようとしても呼吸ができず、本当に死ぬかと思いました」

ヒロは、山蛭に血を吸いつくされ、瀕死の状態になった自分を思い出しながら言った。

「もう少し助けてもらうのが遅かったら、命がなかったかもしれませんね」

ユリも熱中症で意識がもうろうとしていたことを思い出していた。

福寿は、二人の顔を交互に見てうなずき、言葉を継いだ。

「二人とも神様から選ばれて、特別な使命を受けた人間なのだということを忘れてはいけないよ。何が何でもその使命を成し遂げなければならないのだよユリ。いまさら自分の家に戻るなんて許されないのだ」

いきなり名指しされてユリはビクッとした。

予想もしなかったような展開に、帰ろうという考えなどどこかに吹っ飛んでしまった。

特別な使命とは何だろう?

ユリは気になって仕方がなかった。

ヒロだって同じ気持ちに違いない。

二人の気持ちを察したのか、福寿は話を続けた。

「特別な使命とは、二人で百々ヶ峰の頂上近くにある魔霊女の巣窟まで行って魔霊女妖蘭を倒すこと。そのためには、魔霊女の巣窟の中に入って二人が結ばれれば、魔霊女の呪いは解かれ、物の怪や妖怪は消滅し、百々ヶ峰は元の美しい山に戻るのじゃ」

いとも簡単に福寿は言ってのけたが、具体的にどうすればよいのか二人とも分からなかった。

ユリにとってヒロと結ばれることは願ってもない幸せである。

しかし、例え二人が結ばれたとしても、それで魔霊女の呪いが解かれるなんてとても信じられない。

「二人とも出来っこないと思っているだろう。それは、神様がおつくりになった特別な決め事を知らないからなのじゃ。その決め事とは、先にも言ったように、ヒロが魔霊女の巣窟でユリと結ばれれば、魔霊女の呪いは消滅し魔霊女は滅びるが、逆に、魔霊女と結ばれると魔霊女は永遠の生命を得て闇の世界はさらに広がるという決め事じゃ」

ヒロは聞いていて、自分が魔霊女と結ばれ、魔霊女に永遠の命を与えるなんて絶対したくないと思った。

福寿の話は続いた。

「神様は、なぜ魔霊女にまで永遠の生命を得る機会を与えたのか不思議に思うだろうが、そうすれば、魔霊女が永遠の生命を得るために、ヒロを殺すわけにいかなくなる。では、ヒロだけ残して邪魔なユリを殺してしまえばいいと魔霊女が考えるかもしれないが、魔霊女がヒロと結ばれる前にユリが死ねば、やはり魔霊女の呪いは消滅することになっている。だから二人とも、どのような攻撃を受けて怪我しようとも、殺されるようなことはない」

たとえ殺されなくても、ヒロがすでに経験したように怖い目や痛い目にあったり、大けがをするのは絶対に嫌だとユリは思った。

「魔霊女たちは様々な攻撃を仕掛けてくるだろう。それに対して素手で戦うことは出来ないので、神様はユリには右手に、ヒロには左手に強力な武器となるような能力を与えられた。見た感じは普通の手だが、手のひらをかざして魔霊女の手下たちの物の怪や妖怪に向け、念力を込めると悪霊たちの魔力は消失し、力を込めると岩をも砕く強力な力を発揮する。また、ユリの右手とヒロの左手とがしっかりと握りあえれば、魔霊女や悪霊たちの魔力は通じなくなり、二人に危害を加えることは出来なくなる。だから、二人が結びつく時も、お互いにしっかりと握りあっていなければ魔霊女たちの妨害を防ぐことは出来ないよ」

二人とも、それぞれ自分の右手と左手を見比べてみたが、変わった点は見当たらなかった。

「その手以外の部分は普通の人間と変わりがない。魔霊女たちにとって、邪魔なのはその手だけだ。二人のその手を奪ってしまえば、二人とも普通の人間になってしまうので、魔霊女たちは、あの手この手で二人の手首を切り落としに来るだろう。意識を無くさせてからゆっくりと手首を切る作戦に出るかもしれない。十分に気をつけることだね」

福寿は長い話を終え、わかってくれたかと言わんばかりに二人を見た。

二人とも、話の内容は概ね理解できたようだが、自分たちに課せられた使命があまりにも大きすぎ、待ち受ける危険を考えると気おくれがして、里の人たちのために山に登って魔霊女の呪いを解いてやろうという強い気概があまり感じられないように見えた。

焦ってはダメだ。使命感を感じてその気になるまで待とう。

福寿は気長に待つことにした。

第5章　悲惨な山里の人々の生活

伝説の二人が現れたという噂が広まって、連日、たくさんの里人が噂の人を見ようと訪れた。

遠巻きに声を掛けたり、身体を触ったり、まるで軍神並みの扱いである。

中には、有難がって手を合わせて拝む人さえいる。

貯えもないのに、なけなしの食糧を持ってくる人もいる。

それだけに、「山里を護ってほしい」という自分たちに対する山里の人々の期待は大きいのだろうと二人は神に選ばれた責任を感じ始めていた。

昔は、食糧を求めて、危険を顧みず百々ヶ峰に登った里人が何人かいたが誰も帰らず、今では誰も登らなくなった。

魔霊女妖蘭も、最初は百々ヶ峰に登ってきた里人を捕らえ、男からは精気を、女からはその生き血を吸って活力源としていたが、百々ヶ峰に登る里人がいなくなってからは年に2回、山里の人々から生贄を取るようになった。

家の前に、大きな白い石を置き、置かれた家から誰か一人を選んで生贄とし、山の登り口に運んだその石に生贄を縛りつけておくと、翌朝には石も生贄も無くなっているという。

ある時、石の置かれた家が生贄を逃れるために、隣の家に石を移動して、何も知らない隣の家から生贄を出した所、翌朝、出した生贄は返され、石を移動した家は一家全員、妖怪に連れ去られたそうである。

すでに生贄を出した多くの家族たちは、その悲しみを二人に話してくれた。

ある家は、歳をとって働けなくなったからと言って爺さんや婆さんが生贄となった。

ある家は、一家の担い手なのに子供を犠牲にするに忍びないと父親や母親が犠牲になった。

ある家は、働き手がなくなると食っていけなくなるとの理由で子供を差し出した家族もある。

子供を差し出して、後を継ぐ者がいなくなったある父親は、思いつめて川南の村まで行き、生まれたばかりの赤ちゃんを盗み出そうとしたが、子供を失った自分と同じ悲しみを、赤ちゃんの親に味あわせては申し訳ないと思いとどまったという話も聞いた。

拒否すれば、一家全員が連れ去られるため、やむなく誰かを犠牲にするのであるが、別れる時のつらさは並大抵のものではなかったであろう。

ユリもヒロも、死ぬのを覚悟して両親と悲しい別れをしてきただけに、生贄を差し出した家族の気持ちがよくわかった。

因幡川の恩恵を受けて、肥沃な土地に恵まれたユリやヒロが住んでいる川南の村に比べて、この山里の生活は悲惨であった。

岩だらけの土地を何とか耕して畑をつくり、稲や野菜、果物を作っても、魔物たちのために山を追われたウサギやサル、トリ、イノシシなどの動物たちが、食べ物を求めて、折角作った作物を食い荒らしてしまう。

トリやイノシシなどの動物の肉を獲ろうとしても、山に逃げ込んで山蛭や妖怪たちの餌食となり、その数が減っているので十分な収穫が得られない。

皆、食糧不足であえいでいる。

すべて、百々ヶ峰に住む魔物のせいであるから、何とかしてほしい。

来る人来る人、皆、そう訴える。

二人が伝説通りに魔霊女妖蘭を退治してくれるものと思い込んでいる。

しかし、自分たちにそんな力があるのだろうか、と思うと自信がない。

右手、あるいは左手の威力にしても試したことがないから分からない。

失敗したら、逆に二人とも呪い殺されるかもしれない。

でも、自分たちはこの人たちを幸せにするために、魔霊女妖蘭を退治するという使命を神様から与えられて生まれてきたのだ。

やらねばならない。

初めから死を覚悟して家を出てきたのだ。

二人とも、だんだん決意が固まってきた。

二人が最終的な決意を福寿に告げたのは、ユリが山里に来てから5日目だった。

その間に福寿は、百々ヶ峰に登る準備をしていた。

一番の問題は衣服であった。

二人とも、山に登った経験がなかったせいか、防備がまったくできていなかった。

ヒロは身体に布を巻いただけで、肩や腕、下半身はむき出し、足も草履を履いているだけ。武器と言えば槍のみの出で立ちである。

ユリにしても、女だけにさすがに肩を覆い、下半身も多少は隠していたが似たりよったり。とても山に登る服装ではなかった。

福寿の話では、山には毛虫などの毒虫がいっぱいおり、触るとかぶれる植物も多いので、皮膚は出来るだけ露出しないようにしないといけないという。

そのため、二人とも手や足に布を巻き、皮膚が隠れるような履物を履き、頭には笠をかぶり、山に登る衣装は整った。

第６章　大蛇

出発の日は、山里の人全員が登山口に集まって見送ってくれた。

神様から選ばれた二人とはいえ、うまく行くとは限らない。

頑張れ頑張れと励ましてくれる人、無事を祈って泣き出す人。

一人一人と目を合わせ、この人たちのためにも何とかしなければと決意を新たにしながら二人は出発した。

最後まで二人を助けて魔霊女妖蘭の呪いを解くようにと神様から命じられている福寿は、道案内のために先頭に立った。右手に護身用の杖を持っているが、この杖は横に払えば敵を切り倒し、先を向ければ火を噴いて敵を焼き殺すことが出来る杖である。

福寿の後にはユリが続いた。

非力な女性で、普通の杖を持っているだけで、妖怪たちから狙われやすいためと言って、中ほどを歩くように福寿が決めたのだ。

最後はヒロが、後ろや左右に気を配りながら続いた。

右手には毛虫を薙ぎ払ったり、巨大蜘蛛を仕留めたあの槍を持っている。

ヒロは右手に槍を、ユキは左手に杖を持つように福寿から指示されているが、これはいざ魔物に攻撃された時に、武器になる手のひらを自由に使うためである。

福寿は毛虫の比較的少ない所を選んで登って行ったが、それでも何匹か毛虫が木の枝からぶら下がっていた。

「この前は、何匹も垂れ下がっていて、木の枝にもウジャウジャいたが、肩や腕が丸出しだったので、いつ落ちてきて刺されないかとヒヤヒヤしたよ」

ヒロがユリに先日の状況を説明した。

確かにいつも見る毛虫より大きくて気味が悪かったが、福寿に言わせれば、この毛虫たちは普通の毛虫で魔女の部下たちではないという。

「試しに毛虫に向かって手をかざしてごらん。普通の毛虫なら何の反応もないはずだから」

福寿に言われ、ユリは毛虫の一匹に向かって右手をかざし念力を込めてみたが何の反応も無かった。

少し進むと森が深くなってきた。日の光が十分に入らないので少し薄暗い。

「山蛭が出るかもしれないよ」

先日の体験を思い出し、ヒロがつぶやいた。

上下左右の木の枝を慎重に見ながら進んだが、それらしき物は見当たらなかった。

森を抜けてしばらく進むと、岩場に差しかかった。

先頭を行く福寿が、突然立ち止まった。

静かにと言うように手で制している。

見ると、手前の岩の上に蛇が鎌首を持ち上げ、今にも飛びかからんばかりに身構えている。

「この前の蛇」

小声でヒロに尋ねたが、「わからない」と言う。

福寿は立ち止まったまま、杖を構えて、じっと蛇を睨み続けている。

蛇が飛びかかってきたら、杖を横に払って切り殺すつもりらしい。

長いにらみ合いが続いた後、蛇は諦めたように向きを変え、岩の向うに去って行った。

「この前の蛇」

もう一度ヒロに尋ねたが、やはり「わからない」と言う答えが返ってきた。

岩場を超えると、山が窪んで沼地になっている場所に出た。

周りが草叢になっており、膝の長さほどに伸びている。

沼の縁に沿って歩いて行くと直径20センチほどの黒い縦縞模様の入った緑黄色の丸太のような物が行く手を塞いでいた。

大蛇だ！　かなり巨大な大蛇である。

３人は慌てて引き返そうとすると、沼寄りの草叢から鎌首をもたげた大蛇がヌッと顔を出した。

体長は15メートル以上ありそうである。

赤い舌をペロペロと舌なめずりして今にも獲物に飛びかからんばかりの様子である。

どうもヒロに狙いを定めているらしい。

ヒロは、左の手の平を大蛇に向けて身構えた。

暫らくにらみ合いが続き、一瞬の静寂の後、大蛇は大きな口をいっぱいに広げ、牙をむき出し、相手を飲み込まんばかりの勢いでヒロに襲いかかってきた。

ヒロが手の平に力を込める。

瞬間、手の平から大蛇の頭部めがけて閃光が走り、大蛇の頭が大きく後ろにのけぞった。

胴体が地面に叩きつけられ、尾がぴくぴくと痙攣していたが、間もなく跡形もなく消滅してしまった。

すごい威力だ。

ヒロもユキも、初めて使った手の平という武器の威力に心底から驚いた。

「凄かったね。ヒロにあんな力があるなんて、信じられない」

「ユリだって出来ると思うよ。一回その手の平を使ってみたら」

「機会があったらね。でも、自信ないな」

「しかし、でっかい蛇だったね。15メートル位はありそうだね。八岐大蛇（やまたのおろち）って、これくらいあったのかな」

「八岐大蛇って、8つの頭と8つの尻尾のあった蛇でしょ。聞いたことあるよ。須佐（すさ）之男命（のおのみこと）が退治した話、有名だもの。退治した須佐之男命は櫛名田姫（くしなだひめ）と結婚したのでしょ。私もヒロと結婚できるかしら」

「妖蘭を退治できたらね」

大蛇をやっつけた安堵感と、手の平という強力な武器を持った満足感からか、二人はそんな冗談を言いあった。

「その手がなければ二人ともただの人間だよ。魔物たちはあの手この手を使って邪魔なお前達の手を奪おうとする。油断しているとその手を切り落とされてしまうから気をつけないといけないよ」

福寿は、そんな二人に気を緩めないよう注意を促した。

第７章　怪鳥の卵とウツボカズラ

沼を過ぎると、広々とした丘に出た。

一面に広がる草の緑が気分を爽快にしてくれる。

ユリは、因幡川の川原で過ごしたヒロとの楽しいひと時を思い出した。

活発なユリが最も好んだ遊びは水切りだった。

因幡川の水面に向かって平たい石を投げて水面を跳ねさせ、弾んだ回数を数えて楽しむ遊びである。

うまく投げると、石は水面を軽やかにはね渡り、いくつかの美しい波紋が広がってくる。

石の形や大きさ、投げる角度や速度で跳ねる回数は変わってきて、どちらかというと、ヒロのほうが回数は勝っていたが、一回しかできなくても十数回跳ねた時でも、投げるたびに二人で手を叩いて喜びあい、はしゃいでいた。

河原での思い出も忘れられない。

蝶々がひらひらと舞っている川原の土手に寝転がり、何でもない冗談に笑いこけていた自分が懐かしかった。

草花を編んでお揃いの首飾りを作り、お互いに首に掛け合った時、ユリの心はヒロと一つになったと思った。

あの頃は幸せの絶頂だった。永遠に二人は結ばれるものと思っていた。

でも、そんな夢は、悪霊たちとの戦いに勝たなければ、魔霊女妖蘭を退治しなければ実現しないのだ。

ふっと湧いた甘い感傷を押し殺してユリは二人とともに歩き出した。

「あれは何だろう」

先頭を歩いていた福寿がつぶやいた。

30メートルほど先に白っぽい丸いものが見えている。

「石にしては丸すぎるね、しかも3個ある」

ヒロが相槌を打った。

恐る恐る10メートルほどの近くまで近寄って見ると卵らしい。

黄緑色っぽい白色で表面に大小の灰色の斑点が付いている。

大人の胴体ほどの大きさがある。

「何の卵」ユリが福寿に問いかけた。

「この大きさなら、大蛇か恐竜の卵かもしれない」

しばらく考えてから、福寿が答えた。

「いずれにしても卵が孵ったら大変だ。すぐ逃げよう」

福寿はそう言って歩き出そうとしたが、後ろを振り返ってハッとした。

ユリが右の手のひらを開いて卵に向けているではないか。

後で分かったことだが、ユリは大蛇を一撃でやっつけたヒロの左の手のひらの威力に感動し、一度、自分の右の手の平の威力を試してみたいと思っていた。

目の前にある卵を見て、「あの卵に試してみよう」と考えた。

「大蛇を一撃で倒したくらいだから、卵なんか中身もろとも吹き飛ばしてしまうに違いない」

そう考えたのだ。

「駄目だ、いけない、やめるんだ」

慌てて福寿が止めようとしたが後の祭り。

ユリの右の手の平から卵めがけて閃光が走った、が、卵はピクリともしない。

「なぜ？　確かに光は卵に当たったのに」

ユリは自分の右の手の平を見て心の中でつぶやいた。

「私の右の手の平は、ヒロの手の平ほどの破壊力はないのだろうか？」

気落ちしながら、ユリが卵に目を転じると、先ほど光が当たった卵の表面に1本の亀裂が入り、2本3本と増えていった。

「何が生まれてくるのだろう」と、三人が見守る中、くちばしで殻を破って鳥のような生き物が出てきた。

長くて大きな斧のようなトサカが頭の上に突き出し、対照的に長く尖ったくちばしが下に向き、バランスをとっている。

頭部に比べて体部はそれほど大きく見えなかったが、卵の中に縮こまって小さくなっていた翼を広げると大きな怪鳥になった。

割れた卵に刺激されて、残った2個の卵にも亀裂が入って来た。

「翼竜のプテラノドンだ。気づかれるとやばい。逃げろ」

福寿に言われて、三人は一目散に逃げ出した。

かなり走ったところで、怪鳥が追って来ていないのを確認して、三人は歩を緩めた。

「８０００万年ほど前に生息していた恐竜の一種で、とうの昔に絶滅しているはずだが、妖蘭が呼び出したのだろう。この百々ヶ峰では何が出てくるかわからない」

福寿が説明した。

「羽を広げると９メートル程にもなる大きな怪鳥で、とても獰猛（どうもう）なのだ。とにかく見つからないように進もう」

福寿が先頭に立って、三人は木立の間に身をひそめるようにしながら慎重に進んだ。

暫らくすると前方に壺のような形の派手な色をした植物が並んでいた。

少し近づいて見ると、上面に口が開き、胴体部分は楕円形で底のほうが丸く、色は緑のものや黄色味を帯びたもの、赤っぽいものなど様々で、表面にまだら模様がある壺のような形の植物である。

「ウツボカズラだ。東南アジアの植物で、ここに生えているはずがない。これも妖蘭がわざわざ持ち込んだのだろう」

福寿が、壺様の植物から少し距離を置いて立ち止まり説明した。

「壺みたいなものは捕虫器で、上面の口から落とし穴のように落ちてきた虫を底に溜まっている消化液の含まれた液で溶かして養分にしているのだが、ここまで大きいと人間だって飲み込むかもしれない。近づかないほうが無難だ。気をつけろ」

福寿が注意したが、その話を聞いていなかったのか、ユキがふらふらと壺様の植物の一つに近づいて行った。

もともとユリは、好奇心が旺盛で暗示にかかりやすい性格である。

ウツボカズラの放つ匂いがユリを誘っているのかもしれない。

「駄目だ、近寄ってはいけない！」

慌ててヒロが声をかけたが、ユリはどんどん近づいて行く。

すると突然、ウツボカズラが胴体部分をくの字に曲げて、上面の口の部分をユリの右手に向かって近づけてきた。

明らかにユリの右手を狙っているが、ユリは魅入られたようにウツボカズラの口に向かって右手を差し出した。

「駄目だ、戻るのだ。右手を取られたら、すべてが終わってしまう」

ヒロが、必死にユリの左手を掴んで引き戻そうとしたが、時すでに遅し。

ユリの右手がすっぽりとウツボカズラの口に飲み込まれてしまった。

ヒロはユリの右肩に手を掛けて、飲み込まれたユリの右手を引き抜こうとしたが、どんどん口の中に吸い込まれてゆく。

ユリの右手を奪うつもりであろう。

このままユリの右手が奪われれば、魔霊女妖蘭を退治することは出来なくなる。

里の人たちの願いをかなえることができなくなる。

何とかしなければとヒロは焦ったが、手の打ちようがない。

二人が窮地に陥った時が福寿の出番である。

福寿は菊理媛神(くくりひめのかみ)様から、二人の手助けはしても、いざという時までは出来るだけ手を出すなと言い含められてきている。

しかし今は、手を貸さないとすべてが終わってしまう。

決断した時の福寿の動きは速かった。

老人と思えない俊敏さでウツボカズラの裏側に回り、持っていた杖でその胴体部分を横に薙ぎ払った。

ウツボカズラの胴体は真っ二つに切り裂かれ、下の部分から底に溜まっていた消化液があふれ出し、以前に飲み込んでいたと思われるネズミや蛇の死骸がこぼれ出た。

ユリの右手を飲み込んだ上の部分は、ヒロの助けで何とか取り除かれたが、ウツボカズラにあまりにも強く締め付けられていたためか、しばらく右手に痺れが残った。

「敵は、ユリの右手を狙ってきているようだから気をつけなさい」

福寿からそう警告されたが、ユリはウツボカズラに右手を飲み込まれたショックでそれどころではなかった。

気持ちに余裕のないまま、二人について歩いて行くと、突然、ヒューっという羽音と共に何かに肩を掴まれ、ユリの身体が宙に浮いた。

怪鳥だ。先ほどの3羽の怪鳥が襲って来たのだ。

1羽目がユリを宙づりにして空中を舞っている。

残った2羽が、福寿とヒロを頭上から攻撃してきた。

福寿は杖で、ヒロは槍を使って応戦しているが、2羽が交互に頭上から攻撃してくるので、攻撃をかわすのに精一杯。

近づいては離れる波状攻撃に、杖や槍が届かず、一矢報いることも出来ない。

福寿の杖が火を噴いても、ヒロの左の手の平から閃光が走っても、簡単にかわされてしまう。

２羽の怪鳥の縦横無尽な攻撃に手を焼いている間、ユリもじっと手をこまねいて見ていたわけではなかった。

体をゆすって逃れようとしたり、右の手の平を上に向け、両肩を掴んでいる怪鳥の翼を攻撃したがまったく効果がない。羽根一枚落ちてこないのだ。

「頭を狙わないと効果がないかもしれない」

そう思って頭を狙おうとしたが、怪鳥の足や翼が邪魔して効き目がない。

「他の鳥の頭を狙った方が良いかもしれない」

ユリは二人を攻撃している２羽の怪鳥に的を絞ることにしたが、離れていては効果がない。

時々、すぐ近くまで寄って来るのでその時を待つことにした。

まもなくその機会が訪れた。

二人を攻撃していたうちの１羽がスーッとこちらに寄ってきた。

今だ！

ユリは右の手の平をその１羽に向けて強く念じた。

閃光が怪鳥の1羽の頭に見事命中し、怪鳥は、地上に墜落して消滅した。

1羽がいなくなると戦いやすくなった。

1羽はユリを掴んでいるので、二人に攻撃を掛けるのは実質的にはもう1羽だけ。

2人対1羽の戦いである。

怪鳥の狙いはどうもヒロにあるらしい。

ユリとヒロを一緒に魔霊女妖蘭の元へ連れてゆく魂胆のようである。

両足の指を広げ、ヒロに掴みかかってきた。

ヒロが槍を振り回して応戦する。

そこに隙が出来た。

福寿の杖が怪鳥の頭めがけて火を噴いた。

怪鳥が大きくのけぞって地面に叩きつけられた。

ユリを掴んでいた怪鳥は、1羽だけとなったが、魔女からヒロとユリの二人を連れてくるよう命ぜられていたためか、一方の足でユリの肩を掴み、もう一方の足でヒロの肩を掴もうと攻撃してきた。

この機会を逃す福寿ではなかった。

素早く後ろに回り、怪鳥の頭に杖を向け、火を放った。

怪鳥は吹っ飛び、ユリは地面に叩きつけられた。

「大丈夫か？」

ヒロが心配して駆け寄り、ユリを助け起こした。

「大丈夫。でも、怖かった。何時落とされないかと冷や冷やしていたわ。でも、どうしてあんな大きな鳥や花が出てくるの？」

「妖蘭のせいだよ。ここでは、いる筈のない魔物がどんどんでてくる。これからも、何が出てくるかわからないから、その積りで気をつけるんだ」

福寿が忠告した。

「あの壺みたいな花の底からネズミや蛇の死骸が出てきて、私ももしかしたらああなっていたかもしれないと思うと、気持ち悪かったわ」

「近よってはいけないと福寿さんが注意していたのに、どうしてあの花にフラフラと近よって行ったの？」

「わからない。何となく近寄らないといけないような気がして、知らないうちに近よっていたの」

「ユリは純粋だから、暗示にかかりやすいんだよ。怪鳥の卵だって、知らない間に手の平を向けていたのじゃない?」

「あれは、自分の手の平の威力を試してみたかったからなの。卵が粉々になると思ったの」

「そう思うように仕向けられたのだよ。妖蘭に暗示をかけられたのさ。そうだよね、福寿さん」

ヒロは、ユリの行動をあくまでも好意的に解釈しようとしていた。

第８章　アリ地獄

木が疎らになり、赤茶色の山肌が見えるようになってきた。角張った石がゴロゴロしていて、歩きにくかったが、見晴らしが良くなり、突然何者かに襲われる心配が無くなった分、気分的に楽になった。

福寿の提案で、三人とも手頃な岩を見つけて腰を下ろし、休憩を兼ねて持ってきた保存食を食べることにした。

これまでに、大蛇や怪鳥、ウツボカズラなどの難敵の攻撃を打ち負かしてきただけに、何となくやれそうだという自信めいたものが、ユリにもヒロにも湧いていきていた。

自分たちの幼いころの思い出や、因幡川で一緒に楽しんだことなど、二人とも楽しそうに語り合った。

浮かれすぎているのではないか…。福寿にはそう映った。

「妖蘭は二人の手を奪うために、様々な手を打ってきたがことごとく失敗している。きっと、怒り狂っているに違いない。攻撃はますます厳しくなってくると思う。だから、二人とも、もう一度気を引き締めていかないとやられてしまう。特にユリは、相手の攻撃の的になっているからそのつもりでいるんだ」

出発する前に福寿は二人に注意を促した。


「こんなところに砂がある」

しばらく進んだところで、ユリが声を上げた。

見ると、ユリの足元の、地面が少し窪んだ所に、30センチほどの白い砂だまりができていた。

ここは山の上である。誰かが意図的に持ってこない限り、砂がこのような場所にある筈がない。

福寿はなぜか嫌な予感がした。

「逃げなければ、少しでも早くここを離れなければ」

第六感が、頻りにそう囁いている。

しかし体が反応しない。

金縛りにあったように体が動かない。

ユリの足元の砂だまりがみるみる広がり、三人の足元が砂で覆われた。

と見る間に、三人の足元の砂がすり鉢状に陥没し、周囲の砂がその陥没の中心に引き込まれてゆく。

「アリ地獄だ」

福寿が叫んだ。

三人の周りに巨大なアリ地獄が出来上がった。

砂が細かくサラサラしていて、足の踏んばりがきかない。

三人とも、足がどんどん砂の流れに引き込まれ、膝から腰へと身体が砂に埋まってきた。

もがけばもがくほど埋まっていく。

「ユリ、ヒロ、武器になるお互いの手の平を合わせてしっかり握りあうのだ。ユリの右手とヒロの左手だ。しっかりと握りあって絶対に離すな。そして、神様に力をお貸しくださるよう念じるのだ。諦めてはいけない。決して諦めるな」

福寿は叫んだが、叫んでいる間もどんどん身体が埋もれていき、遂には肩まで埋まってきた。

ユリもヒロも、二人の距離が離れていて、なかなかお互いの手を握りあうことが出来ないでいる。

福寿は冷静だった。

砂の流れに逆らわないようにしながら、身体を丸めて回転し、杖を先にして砂の穴の底に進んだ。

穴の底には巨大なアリ地獄が待ち構えていた。

とらえた獲物に、フグ毒よりも１００倍以上も強力な毒液を注入して溶かし、溶かした体液を、大きな顎の先端から吸い取って抜け殻だけにしてしまうのだ。

ユリとヒロがやられてしまってからでは遅い。

その前に、アリ地獄の主を始末しなければならない。

そのために、真っ先に到着したのだ。

福寿はめざとくアリ地獄の主の姿を確認し、杖の先端をその主に向けて構えた。

毒液を注入しようと主が近よってきた。

その瞬間、福寿の杖が火を噴いた。

アリ地獄の主が絶命すると同時に、溢れるほどにあったあの砂が、跡形もなく消失し、三人とも地面の上に投げ出された。

「砂が、鼻や口から入ってきて、息もできず苦しかった。もう死ぬかもしれないと思ったわ」とユリ。

「あそこで福寿さんが諦めるな、手を握りあえと言ってくれたので助かったよ。何とか手が届いたので、ユリの手を握り締めて必死に神様にお願いしたよ。そのおかげで助かったのだね。手の平、様々だよ」

福寿が冷静にアリ地獄の主を仕留めたのだと知らないヒロは、手の平の威力が自分たちを救ったのだと信じ、上機嫌であった。

「未来のお嫁さんの手を握らせてもらって本当に幸せだった。だけど、ユリの手の平は意外とごつごつして大きかったね」と、ユリをからかった。

「失礼ね」

ユリは、ヒロを軽く睨んでみせたが、「本当に幸せだった」と言ったヒロの言葉に大いに満足していた。

「あまりにも緊張感がなさすぎる」

福寿は、二人の態度を苦々しく思いながらそう呟いた。

敵の本丸である魔霊女の巣窟を間近にして、妖蘭たちの攻撃がだんだん厳しさを増しているのに比べて、ユリもヒロもいかにも気楽に構えているような気がしてならない。

「うまく行くだろうか？」

福寿は少し不安になった。

第9章　ろくろ首

あと一息で魔霊女の巣窟にたどり着くと思ったところで、人が倒れているのに気がついた。

「どうされました?」

ユリが近づいて抱き起し、声をかけた。

40歳前後の男である。

「タロベエじゃないか。何でお前がこんな所にいるのだ」

福寿の知っている男だった。

「福寿さんたちを送り出した後で、ひょっとしたら、先日、生贄に差し出したジイサマに会えるかもしれないと思って、後を追って登って来たのだけれど、急いできたので、途中で疲れて歩けなくなってしまったのだ」

タロベエは、福寿と同じ山里の住人である。

ユリ達が山里を訪れた日より少し前に、生贄を要求する白い石がタロベエの家の前に置かれたそうである。

タロベエは家の大事な働き手であり、妻や子供をさし出すわけにも行かないということで、70歳になるジイサマが生贄に出された。

そのジイサマが、生きているかもしれないので、ひとめ会いたいとの一心から山に登って来たのだと言う。

ジイサマが生きている可能性は皆無に等しく、福寿たちが出発した時には何も言っていなかったのに、突然気が変わったのだろうか？

我々がここに来るまでに、いっぱい危険な目にあってたどり着いたのだが、この男だけがどうして無事にここまで来られたのだろう？

後から出発したはずなのに、なぜ、我々より先にここにいるのだろう？

など、不審に思う点は幾つかあったが、同じ里人であったという気安さから、福寿はつい気を許してしまった。それが大きな誤りだった。

タロベエを加えて暫らく進むと、前方にジイサマが立っていた。

生贄になったのだから、生きているはずのないジイサマである。

「しまった！」

福寿が叫んだ。

気が付くと福寿ら三人は、タロベエとジイサマに完全に挟まれていた。

しかし、ユリもヒロも自分たちの置かれた状況に全く気づいてはいない。

突然現れたジイサマに戸惑っているユリとヒロを見て、タロベエがニヤリと笑いながら言った。

「福寿さんとは、長い間一緒に住んでいたよしみで言っておくが、俺たちは、今は人間ではない。魔霊女妖蘭様の下で働く悪霊だ。俺は、お前たちが山に出かけた直後に捕らえられた。こうしてお前たちを騙すために俺の死体が必要だったのだ。俺たちは、お前たち二人の片腕を奪ってくるよう妖蘭様から命じられているのだ」

言い終わると同時に、信じられないことが起こった。

タロベエとジイサマの首が胴体から離れて空中に浮きあがったのだ。

二つの胴体だけが前後から、三人ににじり寄ってくる。

福寿が、両腕を差し出して迫ってくるジイサマの左腕を杖で切り落とした。

腕は肩から下の部分が切り離され、一度ドスンと下に落ちたが、すぐに浮き上がり、元の位置に戻ってしまった。

空中の二つの首は、歯をむき出して、前後左右から縦横無尽に福寿に襲いかかってくる。

杖で横に払って首に切りかかるが、当たってもくるりと一回転して、すかさず襲いかかってくる。

一方、首の無い二つの胴体は、ジイサマの胴体がユリを、タロベエの胴体がヒロを取り押さえようと迫ってきた。

ユリはジイサマの、ヒロはタロベエの胴体の心臓に向けて、とっておきの武器である手の平で攻撃したが、光が心臓を透過するだけで何の効果もない。

二人とも、腕をねじ上げられ、抑え込まれてしまったが、この時、ユリは左手を痛めてしまった。

これを見て二つの首は、福寿を攻撃するのをやめ、一方はユキの右手首に、もう一方はヒロ左手首に喰いついてきた。

喰いちぎるつもりなのであろう。

福寿はユリに喰いついているジイサマの首を引っ張ったり、顔を殴ったりしたが、喰いついたまま離れない。

喰いつかれた手首からは、血液がダラダラ流れ、手の色が紫色に変色してきている。

喰いちぎられるのは時間の問題であろう。

アリ地獄の時の手を使おう。

福寿は、首が喰いついているユリの右手が、ヒロの左手に近づくようにジイサマの身体を押した。

「ユリ、ヒロ。アリ地獄の時と同じようにお互いの手の平を合わせてしっかり握りあうのだ。しっかりと握りあって神様に力をお貸しくださるよう念じるのだ。助かる方法はそれしかない。決して諦めるな」

後は天命を待つよりほかはない。

二人の手の平が合わせられたのを確認し、福寿はそう思った。

二人の念力がどれほど強いかわからないが、神様に届きさえすれば、神様が何とかして下さるだろう。

福寿は祈るような気持ちで結果を待った。

二人の手の平が合わさって数分が経過した。

福寿にとってはずいぶん長い時間だった。

突然、二人の腕に食い込んでいた二つの首がポロリと下に落ちた。

同時に、二人を抑え込んでいたタロベエとジイサマの胴体も消えてなくなっていた。

見る見るうちに、変色していた二人の手の色が回復してきた。

勝ったのだ、ユリとヒロの念力が魔霊女妖蘭の魔力を打ち負かしたのだ。

福寿は、最後に控えた妖蘭との対決にある程度の自信をもって立ち向かえるような気がして、気分が明るくなった。

第10章　魔霊女妖蘭との対決

百々ヶ峰の頂上近くにある魔霊女の巣窟にやっとたどり着いた。広場があり、その正面に3メートルほどの高さの岩の壁がある。魔霊女の巣窟であろう。

その前、向かって右側に赤黒い不気味な色を放つ石柱が立っている。腰くらいの高さで、20センチほどの丸い石柱である。

この石柱に魔霊女妖蘭が触れると背後の岩の扉が開き、その岩穴の奥が魔霊女の巣窟となっている。

この石柱にユリの右手とヒロの左手が同時に触れても、岩の扉は開く。扉を開けて、魔霊女の巣窟の中でユリとヒロが結ばれれば、魔霊女の呪いは解かれ、物の怪や妖怪は消滅し、百々ヶ峰は元の美しい山に戻るが、逆に、ヒロと魔霊女妖蘭が結ばれると、魔霊女は永遠の生命を得て闇の世界はさらに広がって行く。

「幾多の魔霊女妖蘭の妨害を乗り越えて、ここまでやって来た。念願成就まであと一歩だ。妖蘭は最後の抵抗を試みるだろうが、気を引き締めて頑張ろう」

福寿は二人に声をかけ、広場の中央に進んだ。

と、その時、突然、妖蘭の不気味な笑い声が聞こえた。

いつの間にか石柱の横に妖蘭が立ち、三人の周りを悪霊たちが取り囲んでいる。

「フフ……。とうとうここまでやって来たな。かえって好都合だ。お前たちを捕らえて、私はヒロと結ばれる。残った二人は、悪霊として、永遠に私に使えることになるのだ。さあ、者ども、すぐに三人を捕らえてしまえ」

「黙れ妖蘭、私は、畏れ多くも菊理媛神(くくりひめのかみ)様から遣わされた福寿だ。お前たち如きに簡単に捉えられる者ではない」

福寿が大声で妖蘭たちを一喝した。

「ヒロ、ユリ。何時ものように手の平を合わせてしっかりと握りあいなさい。握りあっていれば、妖蘭は何も出来ないのだから」

福寿に言われ、ユリとヒロは、例の右の手の平と左の手の平をしっかりと握りあった。

福寿の言葉通り、妖蘭の魔力が通じなくなったのか、悪霊たちが固まったように動かなくなった。

魔霊女妖蘭が歯ぎしりして口惜しがっている。

あと一歩、ユリとヒロの二人が石柱に触れて扉を開け、魔霊女の巣窟に入って結ばれれば、すべてが終わる。

永い間の苦労が報われ、神様から与えられた使命を達成することができるのだ。

福寿は、二人に最後の指示を与えた。

「ヒロ、ユリ。手を握ったまま石柱に触れて岩の扉を開け、中に入って結ばれなさい。決して握りあった手を放してはいけない」

握った手を離さないようにという注意も繰り返した。

これで完璧だと福寿は信じて疑わなかった。

ところが……

大きな誤算が起こった。

福寿の指示に従って、ユリとヒロが石柱に向かって歩みだそうとしたその瞬間、

「あっ」

ユリが小さく叫んだ。

ユリの目の前に、何かがふわふわと舞うように落ちてきた。

草花の首飾りである。

ユリがヒロとお揃いで作った思い出の首飾りである。

ヒロが、大喜びで一方を自分の首にかけ、もう一方をユリの首に掛けながら、「いつまでも大事にしておこうね」と言ってくれた大切な物なのだ。

目の前でふわふわしていて、なんか不安定。

風が吹けばどこかへ飛んで行ってしまいそう。

今、捕まえていないと、二人の愛が消滅するかもしれない。

今、捕まえないと。今、捕まえないと。

しかし左手は、さきほどの争いでジイサマにひねられて痛くて動かない。

右手しかない！　右手！　そうだ右手があるんだ！

ユリは、絶対に右手を放してはいけないという福寿の注意を完全に忘れてしまった。

ヒロに握られている右手を強引に振り切って、ふわふわ浮いている草花の首飾りを掴もうとした。

二人の手が離れた瞬間を妖蘭が見逃すはずがなかった。

と言うより、妖蘭が暗示に弱いユリの性格を利用し、催眠術を使って、ユリに首飾りの幻覚を見せたのだ。

妖蘭の動きは素早かった。

悪霊どもに命じて、二人を取り押さえて引き離し、魔霊女の巣窟の扉を開けてヒロを押し込め、扉を閉めてしまった。

「ヒロを手に入れればしめたもの。我々の世界は永遠に安泰だ。その二人には用はない。殺して、お前たち悪霊の仲間にするが良い」

魔霊女妖蘭の命令で、悪霊たちが二人の首を絞めて殺そうとした時、突然、雷鳴が轟き稲妻が走り、悪霊たちがその場に倒れた。

驚いて逃げ出そうとする魔霊女妖蘭に向かって、福寿が持っていた杖を振り下ろすと、魔霊女はその場でうずくまり、その表面を塗り込めるように岩が徐々に体を覆い、遂には岩の中に閉じ込められてしまった。

第11章　霊女ユリ

百々ヶ峰の頂上に残されたのは、福寿とユリの二人だけであった。

ヒロは魔霊女の巣窟に幽閉され、魔霊女妖蘭は福寿によって岩の中に閉じ込められている。

ユリは、福寿の前で罪人のようにうなだれていた。

福寿に合わせる顔がないという思いでいっぱいである。

せっかく、魔霊女妖蘭を追い詰めて、もう少しで引導が渡せると思ったその直前で、不覚にも魔霊女の催眠術にかかってしまった自分が情けない。

本当に大事なことを忘れて、たとえ思い出深いものだったにせよ、草花の首飾り如きに気を取られ、思わず手を放すなんて、今から思うと、とんでもない過ちを犯したものだと思う。

あのために、福寿さんが１００年懸かって積み上げてきた努力が、全部駄目になってしまった。

福寿さんが怒るのも無理はない。

福寿さんに指摘された通り、ヒロも自分も少し緊張感に欠けていたと思う。怪鳥の卵に光を当てて、逆に興奮させてひどい目にあったのは、軽率と言われても仕方がない。

ウツボカズラにのこのこ近よって行ったのだって、うかつだったと反省している。緊張感の欠如が、妖蘭に付け入るスキを与えたのだと福寿さんが言っていた。言われればその通りで、反論することもできない。

「ヒロが魔霊女の巣窟に閉じ込められ、我々が悪霊どもに殺されそうになった時点で、我々は妖蘭に負けたんだ。完全に負けたんだよ」

福寿はそう言って、いかにも残念そうな顔をした。

「あの時、我々には何の解決策もなかった。ヒロとユリの二つの手が合わせられないことには、妖蘭の魔力を封じ込めることが出来ないし、巣窟の岩の扉を開く事が出来ないので、閉じ込められたヒロを救い出す手段さえなかった。万策尽きたのだ」

福寿は、厳しい顔つきでユリに言った。

「良いか、ユリ。あの稲光は神様の怒りだよ。我々に対する神様の怒りなのだ。あのままでは魔霊女妖蘭はヒロと結ばれ、永遠の生命を得て、ますます横暴になるのは目に見えている。放っておく訳には行かないと、神様が歯止めをして下さったのだ。妖蘭は、取りあえず岩の中に閉じ込められているが、これで終わった訳ではない。ユリだけに責任を押しつけるわけではないが、あの時、手を離しさえしなければすべてが終わっていたのだ。妖蘭を退治できたのだ。だから、ユリの犯した罪は重大で、ちょっとやそっとで償えるものではない。しかし神様は、ユリに2000年の猶予を下さった。2000年後に罪を償うチャンスを下さったのだ」

福寿は、ユリの顔を見て話を続けた。

「魔霊女妖蘭は、今は岩の中に閉じ込められているので、百々ヶ峰は当分の間は魔霊女の呪いが解けて元の美しい山に戻るが、2000年後の今日、皇紀2025年の5月24日には、岩が溶けて、魔霊女妖蘭が再び蘇ることになっている。だから、妖蘭が蘇る前に退治しておかなければ、百々ヶ峰は、再び呪われた山となり、悪霊たちのはびこる闇の世界が復活してしまうのだ」

「妖蘭を退治する方法はあるのですか」とユリが尋ねた

「それは、ユリとヒロが結ばれることだ」

「ヒロが巣窟に閉じ込められている限り、巣窟の扉を開ける手立てはありませんし、第一、2000年後には、ヒロも私も生きてはいません」

「そうではないんだ、ユリ」

福寿は、混乱しているユリの気持ちを静めるような口調で言った。

「今回の失敗は、ユリの失敗もあるが、二人を援助するように命令されていた私の失敗でもある。神様は私に、神様のもとに帰って罪の償いをするよう命ぜられた。そして、お前達二人には、2000年の寿命を与え、罪の償いをする機会を下さったのだ」

そう言って、ユリのこれからの生き方を具体的に説明した。

まず、ユリは、これから2000年の間、霊女ユリとして、妖蘭のような魔霊女や悪霊たちが棲みつかないよう、百々ヶ峰の平和を守るために生きて行くこと。

そして、2000年後の皇紀2025年の5月24日に魔霊女妖蘭が蘇る前に妖蘭を退治すること。

その要領は次の如くである。

皇紀1940年前後に、魔霊女の巣窟の扉を開けるために必要な『ヒロの左手』を授けられた男の子が生まれてくる。その子が無事に成人し、皇紀2015年前後の5月24日に百々ヶ峰に登ってきたら、その時がチャンスだが、そのチャンスは1度か2

度しかない。成人したその男を連れて山に登り、その男の持っている『ヒロの左手』を借りて魔霊女の巣窟の扉を開け、ヒロと無事に結ばれれば魔霊女妖蘭は退治できる。

魔霊女妖蘭は、岩の中に閉じ込められているとはいっても、自分に危機が迫ってくれば、催眠術を使って、色々な妨害をしてくるだろうが、『ヒロの左手』を持った男は普通の人間である。ユリが、今回の経験を活かしてリードして行かねば目的は成就しない。

ユリには、二人を護る武器として、福寿が持っていた杖が与えられた。

ヒロの左の手の平も、ユリの右の手の平も今回と同じように武器として使用できる。

以上のようなことをこまごまと説明して、福寿は神様のもとへ去って行った。

この日から、霊女ユリとしての2000年にも及ぶ償いの日々が始まった。

2000年後

第12章　信じられない話

気がつくと朝日は完全に昇っていた。

木々の間から漏れる朝の光が、老女の顔を照らしていた。

年齢は不詳だが、随分生きてきたのだろうか、茶黒い顔に何本もの深い皺が刻み込まれている。

今日は２０１５年5月24日、私の誕生日である。

古希を記念して百々ヶ峰に登り始めて2回目の誕生日だ。

昨年の誕生日は雨で登れなかったが、登頂２５０回目の節目となる今日は、きれいな星空を見ながら、トップでの登頂をめざして朝3時に起きて来た。

途中、深い霧に見舞われ、その直後に現れたこの老女を鬼夜叉と見誤り、不覚にも気を失ってしまったのだ。

意識を取り戻した後、この霊女ユリと名乗る老女から、百々ヶ峰の歴史の一部始終を聞かされたが、とても信じられる話ではなかった。

何処かの精神病棟から抜け出した精神病の患者の妄想か、作話だと思った。

２０００年前の百々ヶ峰に魔霊女や悪霊たちが棲んでいたとか、その魔霊女が今も何処かの岩に閉じ込められているとか、そんな話は古い伝説か、怪奇小説の世界の話だと思った。

私が、『ヒロの左手』を授けられてきた男だという話に至っては、ばかばかしくて話にもならない。

しかし……

「今、あなたは２０００年前のままの百々ヶ峰に立っているのです。あなたがいつも登っている百々ヶ峰とはまったく違っているとは思いませんか?」

そう言われて辺りを見回すと、いつも見慣れている百々ヶ峰の風景とはまったく違っている。

何処にも、現在のような、登山道と言えるような人の歩く道はない。

ユリは、２０００年前の百々ヶ峰は、今より50メートルほど高く、広さも2倍はあったと言っている。

魔霊女や悪霊たちが、自分たちの棲みやすいように、山の形状を勝手に変えてしまっていたそうである。

そのせいだろうか、山の高さはいつも見る山より、少し高くなったような気がするし、草木は深く生い茂っていて、人の手が入っていない密林に来ているような気がする。

確かに、いつも登っている百々ヶ峰と違う山にいることを認めざるを得なかった。

しかも……

ユリは、私の生年月日をはじめから知っていた。

２５０回目という登頂回数も知っていたし、最初から私のことを「ムリックさん」と呼んでいた。

「Ｄｒ．ムリック」が私のマジシャン名で、岐阜県出身の有名なマジシャンである「Ｍｒ．マリック（魔力）」を真似して、ムリック（無力）と付けたのだということも知っていた。

もちろん、私の本名も知っていたし、「高弘」という名前は、ヒロの名前に因んで、私の両親に暗示をかけてつけさせたのだとユリはいうが、こじつけだろうか？

さらに……

ユリは、大事な『ヒロの左手』を授けられている私が成人するまで死なないように見守って来たという。

具体的に、鉄棒から落ちて後頭部を強打した時と、肺炎で高熱のため意識もうろう状態が続いた時、海で溺れた時の事を挙げた。

詳しい話はここでは割愛するが、いずれもまかり間違えば命を落としていても不思議はないケースであった。

どの様にして私を助けてくれたかは定かでないが、私の過去にこうした事故があったということは、探偵を使っても知り得ることは不可能であろう。

すべてを総合して、私は、半信半疑ながらもユリを信用し、行動を共にする決心をした。

というよりも、右も左もわからないこの山の中では、彼女について行かなければどこにも行けない状況に置かれていたのだ。

第13章　蛇

「ムリックさん、百々ヶ峰は二つあるのだよ。いつもムリックさんたちが登っている本当の百々ヶ峰と、魔霊女たちが造った虚構の百々ヶ峰だ。２５００年間、ずっと共存してきた。魔霊女妖蘭が福寿さんに岩に閉じ込められてからは、本当の百々ヶ峰が表面に出てきて、がけ崩れなどの自然現象や人間の手が加えられ、現在のような市民から愛される美しい山になってきたが、虚構の百々ヶ峰は、２０００年前のまま陰に隠れて存在している。２０２５年の5月24日に、妖蘭を閉じ込めている岩が溶けて魔霊女が復活すれば、虚構の百々ヶ峰が復活し、現在のような市民の憩いの山ではなくなるだろう」

「では、妖蘭がいなくなれば、虚構の百々ヶ峰は無くなるの」

「そうだ、だからムリックさんに力を貸してほしい。妖蘭を退治できるのは、ムリックさんの左手しかないのです。ムリックさんは、妖蘭を退治するために神様から選ばれた唯一の人間なのです」

「そう言われても僕は極めて普通の人間で、神様から選ばれた特別な人間だとは考えられないよ。」

「ムリックさんは気がついていないかも知れませんが、『ヒロの左手』を受け継いだ人に間違いはありません。実際に使ってみるとわかるのですが、魔霊女や悪霊だけにしか通用しないので、ここで証明はできませんが確かです」

「本当に妖怪みたいなものが出てきて、使ってみたらやっぱり違っていたなんてことになったら大変だ。もう72歳になる高齢だし、とてもお付きあいできません。本当の百々ケ峰へ戻してください」

「一旦この山に入ったら、戻ることなど出来ません。魔霊女を退治するより他に方法はないのです」

「勝手に連れてきて、戻る方法がないと言われても困る。責任を取って、元の所へ戻してほしい」

「神様の命令だから、仕方がありません。神様から与えられた運命だと思って諦めて、魔霊女と戦ってください」

話していても限りがなかった。

結局、諦めて、ユリについて行くことになった。

深い森を抜けて暫らく行くと、岩場に差し掛かった。

木は疎らで、大小の岩がゴロゴロしている。

「福寿さんの話では、何もしなければ２０２５年の今日、５月24日、岩が溶けて魔霊女が復活してくるそうです。今日はそのちょうど10年前、魔霊女を押さえつけている神様の威力もだんだん弱くなってくる頃です。魔霊女の復活の時をめざして、悪霊たちが徐々に集まってきているかもしれません。何も起こらないで頂上まで行き着けば幸いですが、どんな妨害に会うかもしれませんので気をつけてください」

ユリからそう言われていたが、ここまでは何事も起ってはいない。


「こうした岩の多い所には蛇が多いから、気をつけないと…」と思ったとたん、目の前の岩の上に蛇がいた。

以前、百々ヶ峰に登っている途中、たまに草叢で蛇を見たことがあるが、じっと見ているると大抵の蛇は逃げて行った。

しかし、今回は違っていた。

じっと私を見据え、隙を窺っている。

「飛びかかってきたらどうしよう」

蛇の苦手な私は、逃げ腰になった。

蛇はその隙を逃がさず、飛びかかってきた。

私は、ヒーっと声をあげて後ろに倒れたが、同時に蛇の胴体が真っ二つに分断されていた。

ユリが、咄嗟に杖で蛇を横に払ったのだ。

「こんな蛇で腰を抜かすなんて、ムリックさんは、本当に憶病なんだね」

ユリが声をあげて笑った。

「しかし、ムリックさんに向かってきたということは、魔女の手下の蛇だったかもしれない。左手の効果を試す絶好の機会だったかもしれないね。今度からは、左手を使うように意識していないと、やられてしまうよ」

そう言って私を脅かした。

ユリの話では、悪霊たちは弱いものを選んで襲い掛かるという。

2000年前の前回は、ユリが狙われたが、今回は、臆病な私が標的になりそうだという。

今度こそ、悪霊たちに付けこまれないように、気持ちをしっかりと持って、いざとなれば、左手を使ってみようと決心した。

第14章　セアカゴケグモ

周囲に気を配りながら進んで行くと、手前に沼が見えてきた。

「2000年前は、このあたりで大蛇が出たのだ」

軽く注意を促す意味でユリが言ったが、私には逆効果だった。

「蛇でさえ、あれほど怖かったのに、大蛇なんかが出てきたらどうしよう」

私の不安はピークに達した。

後にも経験するが、自分自身の不安が悪霊たちを呼び寄せ、幻覚や妄想を造りあげて行く。

この場合もそうだったのかもしれない。

身体がコチコチになって、思うように前に進めない。

落ち着かなければ、と思えば思うほど、かえって気持ちが焦ってくる。

まだ何も起こっていない。大丈夫だ。魔霊女はまだ岩の中だ。何も起こるはずがない。

自分自身に暗示をかけて、気分を落ち着かせようとしていたその時、異変は起こった。

5メートルほど手前に、巨大なクモが現れたのだ。

とにかくでかい。

胴体部分が大人の身体ほどの大きさで、長い4対の脚で立って私を見下ろしている。

胴体は丸くツヤツヤと黒光りがしていて、背面にはひし形が2つ縦に並んだような赤い模様、腹面には砂時計状の赤い模様があり、4対の脚は赤と黒の縞模様が入っている。

「セアカゴケグモだ」直感的にそう思った。

オーストラリアが原産地で、従来日本には生息していなかったが、最近各地で発見され、話題になっていた毒蜘蛛だ。

写真でしか見たことはないが、その特徴から、セアカゴケグモに違いない。

セアカゴケグモが、虚構の百々ヶ峰にきて、巨大化したのであろう。

強い神経毒があり、この大きさからすれば、噛まれれば、たちまち全身けいれんを起こし、呼吸困難で死亡するだろう。

クモには8つの目があるというが、真っ黒な顔に不気味に赤く光る大きな眼が2つ見えるだけで他ははっきりしない。

鎌状になった上顎を思い切り広げ、今にも噛みつかんばかりである。

ユリが、杖を振り上げ、サイドからクモの胴体部分を切りつけると、背面の赤い模様が真っ二つに切り裂かれた。

しめたと思ったのも束の間、あっという間に切り裂かれた胴体は元に戻ってしまった。

脚を杖で薙ぎ払ったが、一瞬、がくりとしただけですぐに元に戻ってしまう。

その間に、クモの顔がどんどんどんどん私に迫ってくる。

不気味な赤い目がきらりと光り、鎌状の上顎が私の頭を噛み砕こうとしたその瞬間、切羽つまった私は、左の手の平をクモの顔に向け、思い切り手に力を込めた。

すると、私の手からクモの顔に向けて閃光が走り、クモは大きく後ろにのけぞって倒れ、消えてなくなった。

やった、私の左手がクモをやっつけたのだ！　左手は有効だったのだ！

私は大声を上げて喜んだ。

心の底から、歓喜の声が込み上げてきた。

ところが……。

「わははは…」と、突然ユリが笑い出した。

「ムリックさん、相変わらず臆病だね。こんな小さなクモに怯えちゃってさ。私が踏み潰してやったよ」

そう言いながら、ユリが足元を指さした。

見ると体長1センチ程度の大きさのクモがつぶされていた。

背中も赤くない普通のクモである。

「怖い怖いと思っているから、普通のクモを見ても怪物並に大きく見えたのさ。幻覚だよ。ムリックさんの弱みを突いて、魔霊女妖蘭が仕掛けてきたのかもしれないよ。今後も、何をやってくるかわからないからそのつもりで、弱みを見せないようにしないといけないね」

ユリに言われたが、あのクモが幻覚だったとは俄かには信じられなかった。

しかし、潰れたクモを見せられたからには、幻覚であったと認めざるをえない。

これからは、悪霊たちとの戦いに加えて、自分自身の弱さが生み出す幻覚との戦いをも覚悟しなければならないと思った。

第15章　カミツキガメ

私は、ホラー映画が大好きであった。

「13日の金曜日」や「サイコ」など、レンタルビデオ店で借りてきてよく見たものである。

「幻覚を見たのは、そのせいかもしれないな」と思いながら、沼の横の道を進んで行くと、前を歩いていたユリが、突然立ち止まり、「静かに」というように人差し指を唇に当てて振り返った。

ユリが指さす方向を見ると、沼に浮かんだ水草の茂みの辺りで大きな亀が泳いでいた。

子羊くらいはありそうだ。

「めっちゃでかい亀だね」というと、

「亀の名前や特徴はわかる」と聞いて、「というのは、妖蘭は今、岩の中に閉じ込められているので自分の力で魔物を呼び出すことはできない。そこで、暗示にかかりやすい人間に暗示をかけ、その人間の記憶の中から魔物を創り出すに違いない。

２０００年前は、女の私が狙われたが、今回はムリックさんがターゲットになってい
るようです。セアカゴケグモはその産物だったのです。魔物の名前や特徴、つまり、
どんな攻撃をしてくるかとか、弱点がわかればそれに対する対応策が立てられます」
ユリの説明によれば、セアカゴケグモは私の恐怖心が創り出したものではなくて、
私の恐怖心を利用して、妖蘭に強制的に創られた物なのだ。
だから、あの亀も、私の記憶の中にあるものに違いないという。
私が知っている大きな亀で、人間に害を及ぼすものと言えば、ワニガメとカミツキ
ガメの２つしかない。
どちらも元々日本には生息していなかった外来種で、ペットとして輸入され、大き
くなりすぎて始末に困り、近くの川や沼に捨てられたものが繁殖し、全国各地で被害
が出ていると新聞で読んだことがある。
「カミツキガメ科」に属し、凶暴で、噛む力が強く、噛みつかれると大きな怪我をする。
成長した時の甲羅の長さが、ワニガメでは70センチ、カミツキガメで50センチとワ
ニガメの方が大きく成長するが、現在の大きさだけではどちらとも断定できない。
両者を見分けるポイントは、甲羅にある。

ワニガメの甲羅は、本物のワニの背中のように、高く尖ってギザギザになっているが、カミツキガメの甲羅は、多少の凹凸はあるが、基本的には滑らかな曲線型である。

水草の茂みにいる亀の甲羅は、丸みを帯びているので、おそらく魔霊女妖蘭が送り込んだカミツキガメであろう。

一般にカミツキガメは、沼などの水の中では、比較的おとなしいが、陸上に上がると警戒心が強く凶暴になり、目の前に近づくと、瞬時に噛みつこうとする習性がある。しかも、首が長く柔軟で、1メートル余り前方のみならず、甲羅を抑えていても、一瞬で首を甲羅の上まで大きく反らして伸ばし、噛みつくことができる。

沼の中のカミツキガメに気付かれないように、沼の縁の道をこっそりと移動しながら、そのようなカメの習性をユリに話していたら、沼の終わり近くまで来ていた。

「何とかカミツキガメには会わなくて済みそうだね」

隣を歩いているユリに、そう話しかけようと思った瞬間、前方の岩陰からカミツキガメがヌーッと首を出した。

驚いて立ち止まった二人の正面に回り込むと、カミツキガメは口を大きく開け、四肢を踏ん張って甲羅を持ち上げ、威嚇姿勢をとっている。

長い首がどこまで伸びるのかわからないが、少しでも射程距離から遠ざかろうと後退り始めたその瞬間、カミツキガメがすばやい勢いで長い首を伸ばし、私の左腕めがけて噛みついてきた。

瞬間、ユリの杖が一閃し、カミツキガメの首が真っ二つに切り裂かれた。

しかし、何という執念であろう、切られたカミツキガメの首がそのまま突き進み、私の左手に食らいついた。

ずきんとした痛みが走ったが、首から下が切り落とされたためか、腕を喰いちぎるほどの力はなかった。

しかし、腕に食い込んだ顎が硬直してなかなか離れない。

ユリが両手で顎を開こうとしたが固くて開かない。

このまま噛まれた状態が続けば、血行障害のため、左手が駄目になる可能性が強い。

何とかしなければと思うが、顎ががっちり食い込んでいて離れそうにない。

何を思いついたのか、ユリが、右手で私の左手を握りながら言った。

「こうなれば最後の手段です。左手に力を入れて私の右手を握り、神様に『悪魔退散、悪魔退散』と祈ってください」

私は、『こんな事で効果が出るのか』と半信半疑ではあったが、他に良い方法も見当たらないので、言われるままに、神様に祈った。

するとと不思議にも、あれほどがっちりと食い込んでいた顎が開いて、カミツキガメの首がポロリと下に落ちると、そのまま消えて無くなった。

「2000年前も、困った時は、こうして手を握りあって神様にお願いしていたんだよ」

ユリは、ホッとしたような顔で私を見つめてそう言った。

「腕は大丈夫？」

ユリに聞かれて、左腕を見てみると、カミツキガメに噛まれた跡がくっきりと付いている。

「明らかに妖蘭は、ムリックさんに照準を合わせているね。これからも、ムリックさんが攻撃の的になると思うから、気をつけてください」

私の左腕に残された噛み痕を見ながら、ユリはそう言った。

第16章　ホステス

あたりが見渡せる丘に出て、これまでの緊張感が多少緩んだのか、急に眠くなってきた。

ひと休みしたかったたが、ユリから、２０００年前に怪鳥やウツボカズラに襲われた場所なので何が起こるかわからないからと強く言われて、仕方なく歩いていたが、たまらなく眠い。

半分眠ったようにふらふら歩く私を見て、逆に危ないと思ったのか、ユリは、近くの岩に私を腰かけさせ、自分も危険が迫ってこないよう監視するために正面の岩に腰を下ろした。

ユリに見守られながら、私はそのまま眠り込んだ。

「先生、先生」

後ろから声を掛けられ、振り向くと、一人の女性が立っていた。

年の頃40～50歳の有名女優を思わせるような美人である。

イエローのウインドブレーカーにベージュのパンツとトレッキングシューズを身に着け、パープルのリュックを背負った姿がよく似合っている。

綺麗な人だとは思ったが、どこで会ったのか思い出せない。

それどころか、ここが何処で、自分がなぜここにいるのかさえ理解できていない。

カミツキガメに襲われた後、猛烈な眠気に襲われ、岩に座ったところまでは覚えているが、その後の記憶はない。

近くにユリの姿が見えないけれど、私を置いてユリがどこかに行ってしまったとは考えられないので、これは夢の中の出来事かもしれない。

しかし、たとえ夢の中にせよ、これだけの美人に話しかけられたことはない。

私は、夢ならば覚めないでほしいと思いながら彼女に話しかけた。

「失礼ですが、どなたでしょうか」、

「柳ケ瀬のクラブ○○のホステスの忍です。お会いしたのは、20年近く前のことなので覚えていらっしゃらないかもしれませんが」

「クラブ○○には、たまに行ったことはあるが、忍さんという名前は記憶ないね。これだけの美人なら、忘れるはずはないのだが」

「喫煙タイムって、覚えていらっしゃいます?」

「喫煙タイム?」

「タバコの害がマスコミで騒がれ、新幹線で禁煙車が出来たり、公共の場所が禁煙になったりして、禁煙するところが多くなってきた時代、クラブ○○のオーナーがスタッフだけでも禁煙にしようと言いだして、ホステスたちは、タバコを吸う人が沢山いるので大反対したんだけど結局押し切られたの。夜の9時から30分間だけ喫煙タイムにして吸っても良いという条件付きでね。お客さんはバカバカとタバコを吸っているのに、ホステスだけが吸いたいのをじっと我慢しているなんて地獄だった。その分、9時からの30分間は私たちホステスにとっては至福の時間だった。煙草がこんなに美味しいと思ったことはなかったわ。その貴重な至福の時間を台無しにした人がいるの」

そうか、彼女があの時のホステスだったのか。

話を聞いて、過去にあった苦い思い出を鮮明に思い出した。

医者仲間の5、6人でクラブ○○に行った時の話である。

9時になったとたん、ホステスの一人が嬉しそうにタバコを吸い出した。

聞いてみると、店ではホステスは基本的に禁煙だが、9時から30分間の喫煙タイムには吸うことが許されているという。

嬉しそうに吸っている彼女を見て、つい、からかってみたくなった。

可愛い子を見るといじめて気を引こうとする男の心境だったかもしれない。

「見てみろよ、お客さんは誰も吸っていないのに、君だけタバコを吸っていいと思っているの？」

私の言葉をきっかけに、全員で彼女の喫煙を攻撃し、彼女は貴重な30分間、1本のタバコも吸わずに終わってしまった。

後になって、彼女に悪いことをしたと反省し、彼女に謝ろうと思ったが、それ以後、店に行くと彼女を見かけるが、彼女が私の席に着くことはなかった。

それだけ彼女の私に対する恨みが強かったのであろう。

時々思い出しては、私の小さなトラウマになっていたが、時と共にその記憶も薄れてきていた。

「あの時は、腹が立って腹が立って、心から先生を恨んだわ。絶対に先生のお席には着くまいと誓っていたの。でも、時が経って、こうして久しぶりに先生にお会いできて、そんな思いも吹っ飛んだわ。また、お店に来て下さらない、サービスするわ」

そう言いながら忍は、私に身体をすり寄せて来た。

山ガールの姿なのに、何となく艶めかしい香りが漂って来て年甲斐もなく浮かれた気分になった。

そんな私の気持ちを見透かしてか、忍はだんだん大胆になってきた。

誰も見ていない山の中という気安さもあってか、唇が触れんばかりに顔を寄せ、甘い言葉で挑発してくる。

めくるめく陶酔の中で、私は、我を忘れそうになった。

ユリとの約束、自分の使命など、どうでもよくなった。

このまま忍について行きたい。そして忍との時間を永遠に持ちたい。

気分が最高潮に盛り上がってきたところで、何者かに、背後から羽交い絞めにされた。

見ると、黒い魔物が私の両脇の下から両腕を通して私を締め上げている。

「ちょっと優しくすると、すぐその気になって、相変わらず助平な医者だね。そんなに簡単に恨みを忘れるわけがないよ。十分に苦しんでもらわないと気が済まないからね」

忍が先ほどとは打って変わった憎々しげな表情で私を睨んだ。

左手を私の顎にかけ、右手に薬瓶を持ち、私の口元に差し出して言った。

「これは何だかわかる。ストリキニーネだよ。飲んだらどうなるか、医者ならわかるでしょう」

そう言いながら、薬瓶の口元を私の唇に押しつけた。

ストリキニーネは、飲んでから30分ほどで激しい強直性痙攣を起こす毒性の強い薬物である。

アガサ・クリスティーやエラリー・クイーンなどのミステリーや埼玉愛犬家殺人事件で使用された毒薬として知られている。

私は、思わず口をつぐみ、顔をそむけた。

それを見ながら忍は、薬瓶のふたを開け、楽しむような口ぶりで言った。

「さあ、口を開けなさい。この薬を一滴ずつ、口に垂らしてあげるからね。そのうち、背中が弓なりに反って、踵と後頭部がくっつく位に反りくり返り、全身の筋肉が痙攣し、息ができなくなって、苦しみながら死亡することになるのさ。さあ、その口を早く開けなさい」

忍は、蓋を開けた薬瓶を右手に持ち、左手で私の顎を挟んでこじ開けようとしたが、私は歯を食いしばり、口を堅くすぼめ、顔を左右に振って必死に抵抗した。

「しぶとい人だねえ。先生の頑張りには頭が下がるわ。頑張ったご褒美に、先生の大好きなキスをしてあげようか。嬉しいでしょう」

私の再三の抵抗に手を焼いたのか、忍の態度が急に優しくなった。

艶めかしい眼差しで私を見つめ、唇を私の顔に近づけ、息を吹きかけた。

騙されるものかと思っていても、かぐしい香りが私の鼻をくすぐる。

「ほーら、嬉しそうな顔をして、ほんとに助平なんだね先生は。この薬を口に含んで、口移しに飲ませてあげるからね。嬉しいでしょう。いくら頑張っていても、私の唇に触れると、先生の口は喜んで開いてくるわ。そしたら口移しにたっぷりと飲ませてあげるよ」

そういうと、忍は瓶の薬を口に含み、私の唇にその唇を重ねた。

柔らかな潤いのある唇だった。

甘い蜜のような香りが、絶対に開かないぞと思っていた私の意思とは裏腹に、自然に固い唇を和らげる。

もうどうなっても良い、この柔らかな潤いのある唇に吸い付きたい！

どうにも抑えきれない欲望に負けて、忍の唇に吸い付こうとしたその時、突然、目の前の忍の姿が消えてなくなった。

「ムリックさん、大丈夫ですか？」

あっけにとられている私に、ユリが声をかけてきた。


ユリの話では、私が寝入って暫らく経ってから、ユリも、どうしようもない眠気に襲われたそうである。

妖蘭の仕業だろうとユリは言っているが、ユリがまどろんだほんの一瞬のうちに、私の姿が見えなくなっていたという。

慌てて辺りを探し回り、ようやく私を見つけたが様子がおかしい。

姿は見えないが、右隣りに人がいて、話しかけている素振りが続いた後、抱きしめて、キスしているように見えた。

『きっと悪霊が憑りついているに違いない』

そう思ったユリは、悪霊の頭と思われる部分に杖の先を向け、光を放つと悪霊は消えていった。

ユリに助けられなければ、私は、あのまま誘惑に負けてストリキニーネを飲まされていたかもしれないと思うとぞっとした。

後日、クラブ○○を訪ねたところ、忍は4、5年前に肺癌で亡くなったという。

この機会にタバコの恨みを晴らそうと、私に憑りついたのかもしれない。

第17章　スパゲティー症候群

魔霊女の巣窟がかなり近づいたところで、ユリが深刻な口ぶりで言った。

「2000年前と比べて、妖蘭の攻撃の仕方がまったく違ってきている。岩に閉じ込められているせいだろうが、すべてムリックさんの潜在意識を利用してきている。そのため、襲ってくる悪霊が、ムリックさんには見えても私には見えない。さらに、悪霊が出ている時は、ムリックさんからは私が見えなくなる可能性もあります。悪霊のいる場所さえわかれば、先程のように退治することができるので、手真似で教えてください。二人の手を握りあう方法でも魔物は退散するので忘れないでください」

潜在意識を利用して魔物を呼び出すなんて言われると、自分がいかにも沢山の魔物を持っているようであまり良い気はしない。

万が一、魔物が現れても、ユリには見えないのだから、自分一人で戦っていかなければならないのだと不安に思いながら歩いていると、木陰から腕が伸びてきて、何者かに林の中に引き込まれた。

「あっ」と声を出そうとしたが、口を塞がれていて声が出ない。

引き込まれる瞬間に、私が目にしたのは、体中にチューブを付けた異様な風体の老人だった。

ひと頃、『スパゲティー症候群』と言う言葉が流行ったことがある。末期状態で、輸液ルートや鼻腔栄養用チューブ、気道チューブや心電図モニター用コードなど、身体中に延命のためのチューブやモニターが取り付けられた重症患者の事をそう呼んでいた。

まさにその『スパゲティー症候群』の患者であった。

恐らく妖蘭が、私の記憶の中から呼び出してきたに違いない。

思い当たる患者が無いわけではないが、確かめてみる必要がある。

「あんたは一体誰なんだ」

「花村泰三だ」

しわがれたような声が返ってきた。

花村泰三、やはりそうだった。あの透析患者だ。

40年程前に、看護婦のミスで死亡した患者である。

あの頃は生命至上主義で、医療の目標は、生命を助け、少しでも長く生き永らえさせることに置かれていた。

花村泰三も、当時70歳を過ぎていたと思うが、糖尿病が悪化し、心不全、腎不全、肺炎を併発して、寝たきり状態となり、生命維持のため、点滴用のチューブや、鼻から管を通して栄養を補給する鼻腔栄養チューブが挿入され、酸素マスクや心電図モニターが装着されていた。

末期状態になっても、腎不全のために行っていた週3回の人工透析は継続して行う必要があった。

いつも通り3時間の透析を行い、終了するため、体から抜き出した血液を返血する際にその事故は起こった。

血液回路内に残った血液を、血液ポンプで圧をかけてゆっくりと静脈側に戻すのであるが、看護婦がうっかりと静脈側をクランプしたまま血液ポンプを回転させたため、回路内にかなりの圧が溜まってしまった。

クランプしてあるのに気が付いて看護婦が慌ててクランプを外したところ、回路内に溜まっていた大量の空気が一気に血管内に流れ込んだ。

看護婦に呼ばれて私が駆けつけた時には、患者は既に死亡していた。

完全な医療ミスである。

たとえ看護婦のミスであったにせよ、責任は主治医の私にある。

現在ならば、新聞やテレビで大々的に報道されるであろう。

しかし、あの頃はそれほど厳しい時代ではなかった。

血液ポンプの誤作動で、血管の中に空気が入り込んだため、空気塞栓で亡くなったと曖昧模糊に説明すると、家族は問題にすることもなく、あっさりと引き上げていった。

花村泰三の家族が、長引いた彼の入院生活に嫌気がさし、適当な所で区切りをつけてほしいと思っていたせいかもしれない。

「あの時は、腹が立って腹が立って、死ぬに死にきれなかった。何度も何度もお前の夢に出て、お前を苦しめてやったよ」

確かにそうだ。あの後しばらくは、身体中にチューブを付けた花村泰三が夢の中に出てきて追い回される夢を見た。

とんでもない医療ミスを犯したという自責の念から、トラウマのように夢に出てきたのだと思っていたが、花村泰三の恨みのせいだったのか。

それでもまだ、恨みは解消されていなかったのだ。

悪霊となって、今、私に復讐しようとしている。

「ここでお前を絞め殺して、我々と同じように、身体をチューブだらけのゾンビにしてやる。見ろ、お前の前にお前が作ったスパゲティー症候群の患者の悪霊たちが集まっている。奴らは、お前が死んだら、お前の身体にチューブを付けようと待っているのだ」

気がつくと、眼の前に何人ものチューブだらけの怪物が私に取りつこうとして迫ってきた。

以前見た『ゾンビ』の映画を思い出してぞっとした。

ゾンビというのは、死者が蘇り、人間を襲う『生ける死体』のことである。

ゾンビに噛まれると噛まれた人間はゾンビになり、次々と人間を襲うという映画だった。

そのゾンビのようなチューブだらけの怪物たちが、私の手や足を引っ張り、噛みつかんばかりに顔を寄せてくる。

身の毛もよだつ恐怖というのは、このことを指すのであろう。

私は手や足を使い、必死にゾンビたちを振り払い、蹴とばした。

花村泰三の悪霊が、チューブを私の首に巻きつけ、首を絞めようとした。

私は、顎を首に寄せ、右手でチューブを掴んで首が閉まるのを防いでいたが、それも限界。だんだん意識が遠ざかってきた。

誰かが私の左手をしっかりと掴んで叫んだ。

「ムリックさん、頑張って。神様に祈るのだ、悪魔退散と」

ユリの声だった。

「悪魔退散、あくまたい……」

声を振り絞って叫んだ積りだったが声にならなかった。

そのまま、意識が薄れていった。

急に私の姿が見えなくなったとき、ユリはあちらこちらと私の姿を求めて歩き回り、ようやく私の姿を認めた。

顎を首に付け、右手で首に引っかかった何かを引き離そうとする様子から、目には見えなかったが、何者かに紐か何かで首を絞められているように見えた。

左手や足を盛んに動かしているのは、纏(まと)わりつく何者かを振り払っているようにユリには見えたらしい。

ユリは、杖を使って私の周囲に向けて光を放ったが、何の反応もなかった。
見る見るうちに私の顔の表情が変わってきた。
「このままでは締め殺されてしまう」
そう思ったユリは最後の手段に出た。
素早く私に近づき、右手で私の左手を掴み、神様に祈るよう声をかけると同時に、
ユリ自身も「悪魔退散」と繰り返し神様に祈った。
すると間もなく、私の身体が崩れるように倒れてきたので、ユリが支えてくれたが、
しばらくは意識が無かったそうである。
もう少し遅かったら命を落としていたかもしれない。

第18章　幻覚と夢

間もなく百々ヶ峰の頂上付近の魔霊女の巣窟に到達するという地点まで来て、ユリが話しかけてきた。

「いよいよ、妖蘭との最後の勝負になると思います。魔霊女妖蘭が復活するのか、それとも完全に消滅してしまうのか、どちらにとっても大切な勝負です。妖蘭も必死で来るでしょうから、わずかな隙でも透かさずついてくると思います。２０００年前のようなミスは許されません」

言葉を切って一息いれた後、私の顔を見ながら話を続けた。

「怖い話ですが、ここ2、3回、ムリックさんが魔物に襲われても、私には魔物の姿がまったく見えません。ムリックさんの姿しか見えないのです。逆に、魔物から攻撃を受けている時は、ムリックさんからは、私がどんなに近くにいても見えないはずです」

「確かにそうだった。クラブ〇〇の忍さんの時も、チューブだらけの妖怪の時もユリさんの姿は見えなかったような気がする」

「なぜ、こんなことが起こるのかわかりますか?」

ユリに言われて考えてみたがわからない。

以前にもユリから、妖蘭が私の潜在意識を利用しているので、ユリからは悪霊を見ることは出来ないと言われていた。

しかし、例え潜在意識を利用して現れたとしても、出てきたからには誰が見ても見える筈ではないだろうか。

「夢なのです。妖蘭はムリックさんに夢を見させているのです。夢は本人にしか見えません。夢の中に出てくる人物や出来事は、本人自身しか見られないし体験できないのです。傍にいて、この人は夢を見ているだろうと想像できても、夢の中身を見ることはできませんし、夢の中に入ることもできません。逆に、夢を見ている人は、傍にいる人が夢の中に出てこない限り、その人を見たり話したりすることは出来ないのです」

「と言うことは、私が見たのは幻覚ではなくて、夢だったのですか？」

「いや、最初の内は夢と幻覚が入り混じっていたのですが、後の方の出来事は夢を見させられていたのです」

「なぜ、その様なややこしいことをやったのですか？」

「妖蘭が岩に閉じ込められているのがその理由です。自由に飛び回れるのであれば、世界中から強力な魔物たちを呼び寄せて私たちを襲わせたのでしょうが、岩に閉じ込められているために、自由が利かなくなっているのです。妖蘭の使える唯一の武器は催眠術です。ムリックさんに催眠術を掛け、ムリックさんの潜在意識の中から様々な魔物を取り出してきたのです」

ユリは、一息ついてから話を続けた。

「妖蘭は、最初からムリックさんに夢を見させ、夢の中でムリックさんを葬ってしまいたかったのです。『ヒロの左手』を受け継いでいるムリックさんさえ居なくなれば自分は安泰ですからね。しかし、初めのうちは、妖蘭の居る場所から遠かったので、ムリックさんの脳を完全に支配できなかったために、呼び出した魔物を幻覚と言う形で夢の外に出さざるを得なかったのです。だから、私の目にも見えたので、魔物を退治することが出来ました。しかし、頂上に近づいてきた最後の2つは、妖蘭がムリックさんの脳を完全に支配できたため、夢の中で魔物たちを使ってムリックさんを葬ろうとしたのです。何分にもムリックさんの夢の中の出来事なので、私には何が起こっていたかまったくわからず、何もできませんでした。そのため、ムリックさんはあやうく生命を失いかけたのです。これからも妖蘭は、ムリックさんに催眠術を掛けて、夢の中でムリックさんを葬ろうとするでしょうが、私には何もできません。ムリックさんが自分一人で魔物たちと戦わなければならなくなるでしょうね」

「マインドコントロールなどで、催眠術にかからないようにすることはできないのですか?」

「岩に閉じ込められていても妖蘭の魔力は強力ですから、マインドコントロールで対抗することは無理でしょうね。一つだけ方法があります」

「どうすればよいのですか?」

「ヒロの左手を使うのです。以前に何度も行ったようにムリックさんの左手と私の右手をしっかりと握りあって、神様に祈るのです。そうすれば妖蘭は神通力を失い催眠術はかけられません。ただし、絶対に手を離してはいけません。一瞬でも手を離すと、2000年前の私のようにやられてしまいますから」

一人で魔物たちと渡り合う勇気など全くなかったので、ユリの話を聞いて私は内心ほっとした。

「万が一、手が離れた場合は」とユリが続けた。

「夢の中で危険な目にあっている時は、わかりやすいように左手を振ってください。私がすぐに手を握りますから。そこで一緒に神様に祈りましょう」

最後の大まかな打ち合わせを済ませて、私たちは魔霊女の巣窟に向かった。

第19章　最後の戦い

「魔霊女の巣窟まであと一歩という所まで来たら、手を握りあおう」と打ち合わせていたが、間もなくその地点になるからと思って、前を行くユリに近づこうとした瞬間であった。

突然、辺りが暗くなり、激しい突風が私を襲った。

横に数メートル吹き飛ばされたところで、そこに生えていた木につかまって何とか止まったが、傾斜が急で足場がなく、手を離せばそのままズルズルと滑り落ちていきそうな場所である。

恐らく妖蘭が、我々の先手を打って攻撃を始めたのであろう。

手を握りあって妖蘭の魔力を封じようという我々の目論見(もくろみ)は、早くも崩されてしまった。

薄暗くなった空に、時々ピカッと閃光が走り、黒っぽい魔物が空を飛んでいる。

昔、映画で見た光景に似ているような気もするが、妖蘭が私の記憶を利用しているのであろう。

木に掴まっている私を吹き飛ばそうとするかのように、風が急に強くなったり、弱まったり、強弱をつけて吹いてくる。

何物かが足を引っ張って引きずりおろそうとしているような気がして、足を振って振り落とそうとしたが離れない。

木の枝に掴まっている私の両手がだんだん痺れてきた。

感覚が無くなってくる。

「誰か助けて、ユリさん助けて！」

必死に声を出そうとしたが声にならない。

「駄目だ、手が離れる！」

そう思った瞬間、「左手、左手！」と言う声が聞こえてきた。

「そうだ、左手があったのだ」

ユリとの約束を思い出し、最後の力を振り絞って、右手で木の枝をしっかりと握りなおし、左手を差し出した。

ユリが私の手をしっかりと握りしめると、辺りが突然明るくなった。

妖蘭の催眠術が解けたのだ。

あの怖い妖蘭の催眠術を乗り切ったのだ。

私はホッとして左手の力を緩めた。

「駄目だ、左手を離しては駄目だ」

ユリが私の左手を強く握りしめてそう言った。

「ムリックさん、気を抜いては駄目です。手を離したら、妖蘭が何をやってくるかわかりません。ここからが最後の勝負なのです」

言われて、私はハッとした。

まだ勝負は決着していないのだ。

「これから魔霊女の巣窟に到着しますが、何があっても、絶対にその手を離さないでください。二人で石柱に触れて、岩の扉を開け、魔霊女の巣窟に入って、ヒロが私の右手を握るまで、握っていてくださいね。一瞬でも離すと、妖蘭がどう反撃してくるかわかりませんから」

しっかりと手を握り合って、魔霊女の巣窟に到着した。

当然、魔霊女の巣窟は百々ケ峰の頂上にあるものと、私は思っていたので、到着してみて意外な感じがした。

現在の百々ヶ峰の頂上とはまったく違っていたが、頂上は別に有り、頂上自体も、百々ヶ峰自体が悪霊の棲みかであった２０００年前と整備の行き届いた現在とでは、山の高さも違っているし、頂上自体の位置も違っている。

ちょっとした広場はあるが、周囲は林に囲まれ見通しはよくない。

赤黒い気味の悪い色の石柱や、魔霊女の巣窟と思われる岩はすぐわかったが、林に囲まれて薄暗く、魔霊女の棲みかにふさわしいと感じた。

ユリと私は、手をしっかりと握りあい、広場を通って石柱の前に進んだ。

直径20センチほどの丸い石柱で、二人の腰ほどの高さがあり、手を触れるには手ごろな高さであった。

ユリは右手、私は左手で互いに握りあいながら、お互いの思いを込めて、その手を石柱の上に置いた。

ユリには、２０００年間にもおよぶ長い間の苦労が、あと少しで報われようとしていることへの万感の思いがある事であろうが、過去の失敗が身に染みているのか、まったく無表情であった。

私は、たび重なる魔女の攻撃で何度も死に目にあいながら、漸くあと一歩まで漕ぎつけたという感慨はあったが、ユリの様子を見て、浮かれていてはいけないと身を引き締めた。

二人の手が石柱に触れると、正面の岩の扉がゆっくりと開き、岩穴が現れた。

岩穴の奥が魔霊女の巣窟なのであろうか、淡い光が漏れている。

ユリに声を掛けようとして左隣を見て驚いた。

可憐な少女が私に笑いかけているのだ。

私の左手は、少女の右手をしっかりと握っているのだから、少女はユリが変身したに違いない。

恐らく、身も心も、２０００年前の15歳の少女に返って、ヒロに会うつもりなのであろう。

私は、ユリの健気さに心打たれた。

本当に可愛いと思った。

最後の最後まで責任をもって、ユリをヒロに引き渡し、二人が魔霊女の巣窟で結ばれて、魔霊女妖蘭がこの世から消滅するまで、見届けなければならないと思った。

まだ戦いは終わっていない。

私は、可愛い娘をエスコートして花婿の元へ届けるために、結婚式場のバージンロードを歩いている父親のような気持ちで、ユリの手を取って、魔霊女の巣窟へ入って行った。

巣窟（洞穴）は、思ったより広く明るかった。

部屋の奥には、一人の若者が座っていたが、二人を見るとすぐ立ち上がり近よってきた。

「ユリ、よく来てくれた。大変だったろうね。本当によく来てくれた。どれだけ待ち焦がれたか知れないよ」

そう言いながら、若者はユリを抱きしめた。

若者も、2000年前のヒロのままであった。

ユリも、ヒロに抱きついて泣きじゃくった。

2000年間、彼女が絶えてきた苦労や苦難の道を思えば、どれだけ泣いても泣き足りないであろう。

暫らく私は、何も言わずに様子を見ていたが、ユリの右手だけは左手で握って決して離さなかった。

「さあ、二人とも、戦いはまだ終わっていないのだよ。最後まで、君たちの任務を果たさないといけないよ」

適当な時期を見計らって、私は二人に声をかけた。

「ヒロ、君の左手でユリの右手をしっかりと握りなさい。そうそう、そしたら私はユリの右手を離します。良いですか?」

二人がしっかりと握り合っているのを確認して、私は巣窟の外に出た。

もちろん、二人が結ばれるまで決して手を離さない様に注意することは忘れなかった。

巣窟の外に出ると、岩の扉は自然に閉まった。

5分ほどが経過した後、広場の縁に置いてあった岩が溶け始めた。

一瞬、黒い魔物がうずくまっているのが見えたが、すぐに消滅した。

「魔霊女は完全に消滅したのだ」

思ったとたん私の意識も朦朧としてきた。

終章

「もしもし、どうかなさったのですか」

声をかけられて目が覚めた。

「私がここへ来て、山に登ってからここに帰ってくるまで、およそ1時間余り、同じ格好をして寝ておられたので、気になって声をかけたのですが」

そう言ったのは、子供連れの中年の優しそうな女性だった。

「ありがとうございます。大丈夫です」

お礼を言って、あたりを見回した。

ここは百々ヶ峰の中腹にある「三田洞展望台」。

陽はすでに西に傾き、夕日が夕空を赤く染めていた。

知らない間に眠っていたらしい。

しかし、何時から?

確か今日は私の72歳の誕生日、２５０回目の登山を一番で飾るつもりで朝の3時に起きてきたはずだが、途中で不気味な老女に会い……

あれは夢だったのだろうか？
私の左手に、あんな秘密があったなんて信じられない。
そう言えば、左腕をカミツキガメに噛まれたはずだが……。
そう思って左腕を見てみたが、傷跡一つ見つからない。
近くにあった木をめがけて左の手の平をかざし、念じて見たが何の変化も起こらない。
やはり夢だったのだ。
今日は一応（夢の中で）百々ヶ峰に登ったことにしておこう。
そう思いながら山を下りた。

おわりに

初めて『百々ヶ峰』という名前を聞いた時、何か曰くのありそうな山だと思って気になっていた。

古希を迎え、百々ヶ峰に登り始めてから、さらにその思いが強くなった。

「なぜ、百々ヶ峰の名前が付いたのか？」

「百々ヶ峰にはどんな伝説があるのだろうか？」

人に聞いたり、書物を調べたり、いろいろ探したが納得できるようなものはまったく見つからなかった。

ところがある時、百々ヶ峰を登っている最中に、それを発見した。

私の頭の中にあったのだ。

そこには、貴重な資料が一杯隠されていた。

とうとう見つけたのだ、百々ヶ峰の伝説を。

皆さんに、この感動を伝えたいと思い、まとめてみました。

稚拙な文章で読みにくいかもしれませんが、最後までお読みいただき、ありがとうございました。

2015年5月31日

この本の出版にあたっては、平成出版の須田社長からいくつかの貴重なご指示を頂き、校正には姉の片岡記子氏の助言を頂きました。この場を借りてお礼申し上げます。

■著者略歴

平野高弘

１９４３年5月24日生まれ。
岐阜大学医学部卒業後、同大学で医学博士取得
１９８０年、平野総合病院院長（平成医療専門学院学院長兼務）
２００２年、平野内科クリニック開業（平野総合病院名誉院長）

主な著書

『心不全』（中外医学社・共著）
『わかりやすいボケのすべて』（近代文芸社・共著）
『昏迷の終末期医療』（岐阜新聞社・共著）
『興味津津～古稀のつぶやき～』（岐阜新聞社）ほか

平成出版について

本書を発行した平成出版は、優れた識見や主張を持つ著者、起業家や新ジャンルに挑戦する経営者、中小企業を支える士業の先生を応援するために、幅ひろい出版活動を行っています。

代表 須田早は、あらゆる出版に関する職務（編集・営業・広告・総務・財務・印刷管理・経営・ライター・フリー編集者・カメラマン・プロデューサーなど）を経験してきました。

「自分の思いを本にしたい」という人のために、同じ原稿でも、クオリティを高く練り上げるのが、出版社の役割だと思っています。

出版について知りたい事、わからない事がありましたら、お気軽にメールをお寄せください。

【平成出版ホームページ】
http://www.syuppan.jp（メイン）
http://www.syuppan.info（説明）
http://www.smaho.co.jp（スマホ）

book@syuppan.jp　平成出版 編集部一同

百々ヶ峰伝説 どどがみねでんせつ
――呪われた岐阜市の最高峰――

平成27年（2015）11月16日　第1刷発行

著　者　平野 高弘
発行人　須田 早
発　行　平成出版 株式会社

〒150-0022 東京都渋谷区恵比寿 南 2-25-10-303
TEL 03-3408-8300　FAX 03-3746-1588
平成出版ホームページ http://www.syuppan.jp
「スマホ文庫」ホームページ http://www.smaho.co.jp
メール: book@syuppan.jp

発　売　株式会社 星雲社
〒112-0012 東京都文京区大塚3-21-10
TEL 03-3947-1021　FAX 03-3947-1617

編集協力／安田京祐、近藤里実
表紙デザイン・本文DTP／具志堅芳子（ぽん工房）
印刷／本郷印刷（株）